卡扎罗莎

КАЗАРОЗА

[俄]列奥尼德·尤泽福维奇 著

穆重怀 李艳 译

中国广播影视出版社

图书在版编目（CIP）数据

卡扎罗莎 /（俄罗斯）列奥尼德·尤泽福维奇著；穆重怀，李艳译. -- 北京 : 中国广播影视出版社，2020.6

ISBN 978-7-5043-8459-1

Ⅰ. ①卡… Ⅱ. ①列… ②穆… ③李… Ⅲ. ①长篇小说－俄罗斯－现代 Ⅳ. ①I512.45

中国版本图书馆CIP数据核字(2020)第065528号

卡扎罗莎

[俄罗斯] 列奥尼德·尤泽福维奇　著

穆重怀　李艳　译

责任编辑　王　萱
封面设计　南大古
责任校对　张　哲

出版发行　中国广播影视出版社
电　　话　010-86093580　010-86093583
社　　址　北京市西城区真武庙二条 9 号
邮　　编　100045
网　　址　www.crtp.com.cn
微　　博　http://weibo.com/crtp
电子信箱　crtp8@sina.com

经　　销　全国各地新华书店
印　　刷　河北鑫兆源印刷有限公司

开　　本　880毫米×1230毫米　1/32
字　　数　169（千）字
印　　张　9.5
版　　次　2020 年 6 月第 1 版　2020 年 6 月第 1 次印刷

书　　号　ISBN 978-7-5043-8459-1
定　　价　42.00元

大地上的空气令我们窒息。

——亚·谢·普希金

译者前言

20世纪80年代以来，以现实主义著称的俄罗斯文学进入了话语多元、众声喧哗的新时期。各种各样的体裁形式、丰富多彩的创作手法、标新立异的思想表达纷纷呈现在读者面前，成为世界文学发展中最有活力的现象。其中涌现出了大量的具有创新形式的文学作品，《卡扎罗莎》就是其中具有代表性的一部。

21世纪的俄罗斯，既是文学沉沦的年代，也是文学创新的时代，俄罗斯文学已经从人们生活的指导者转换为众多的娱乐方式之一。为了吸引读者，作家们就要改变创作的理念和方法。有些作家迎合大众，彻底由严肃文学走向大众文学；有些作家坚守传统，成为经典俄罗斯文学的传薪者；更有些作者把两者奇妙地结合起来，把大众喜闻乐见的形式与俄罗斯文学传统的哲理思考紧密地联系在一起，做到了商业化与思想性兼顾。无疑，列奥尼德·尤泽福维奇就是这样一个作者。

当代俄罗斯文学的特点之一就是新现代主义得到孕育并走向成熟。新现代主义在形式上继承了现代主义、后现代主义的外观，在内容上则是继承了俄罗斯文学传统的悲天悯人的人道主义情怀。《卡扎罗莎》是当代俄罗斯文学中新现代主义构建过程中的一个尝试，体现了当代俄罗斯文学的新指征。

在体裁上，《卡扎罗莎》采用了大众喜闻乐见的悬疑小说的形式。众所周知，无论是过去，还是现在，俄罗斯人阅读量最大的还是各类侦探小说，这是与民族性格和市民阶层的阅读口味密切相关的。《卡扎罗莎》采用这种形式可以达到吸引广大读者的目的，同时作者又将故事置放于真实的历史语境中，在凶杀案背后作家以全域视角回顾了国内战争前后苏俄境内的世界语运动，采用了大量的史实，对国际世界语运动进行了全面的回顾与反思，特别是对苏俄世界语运动的得失进行了考查，表达了作家对俄罗斯民族以及人类共同命运的思考，表现出了一种全人类性。这样就使作品从大众文学的娱乐范式进入了俄罗斯经典文学的哲理范畴。因此，与其说《卡扎罗莎》是一部悬疑小说，还不如说它是一部历史—哲理小说。

此外，从形式上看，《卡扎罗莎》的俄文版中没有用传统意义的小说（роман），而是用小说集（сборник）这个词来明确文本的身份。从词源学角度讲，сбор-在俄语中有聚集的意思。从《卡扎罗莎》的内容上看，它是由一个分散的故事组成的一个有机体。故事中的每一个重要人物的经历都独立成篇，但又都与卡扎罗莎有关，而且通过卡扎罗莎被害一案联结成一个整体，这是作家对创作形式的创新。

在叙事手法上，《卡扎罗莎》打破了惯常的线性叙事，采用了时间与空间交替的叙事手法。在时间上以1920年与1975年为两个时间节点，把彼得格勒与彼尔姆作为故事发生的地点，通过梦境、回忆等手段把发生在不同时间、空间的故事有机地组合在一起，形成了完整的叙事链条。

在故事的发展过程中，作家借助于多角度叙事的技巧，通过不同人物的真实或虚构的经历还原并展示了卡扎罗莎的一生，并使之与苏联及国际世界语运动相勾连，实现了不同故事的异质同存，最终以凶杀案为线索讲述了一个发人深省的故事。

《卡扎罗莎》还是语言的迷宫。作品用俄语写成，但其间穿插了大量的世界语，特别是用俄语字母撰写的世界语、西班牙语，以及伊多语和涅波语单词，这就是为读者设置了一个文字的想象空间。读者可以读出每一个词，却无法直接获得它的意义，这样语言符号就失去了它的所指，要通过充分发挥读者的各种能力才能够实现解码的过程，因此使作品的内在意义变得多元化。现代主义小说是由作者与读者共同建构的，从语言角度讲，《卡扎罗莎》就是这样一部作品，它需要读者的参与，把它最终完成。

作品中卡扎罗莎被误杀的结局，在戏谑中带有一丝苦涩。它不仅使斯维奇尼科夫等人的侦破过程变得毫无意义，而且更重要的在于，作为美的象征的卡扎罗莎毫无意义地失去自己的生命不仅意味着美的毁灭，也意味着世界语者追求的人类和谐的不可得。但是作家不是残忍地弃绝人类的美好理想，而是留下一个开放的结局。斯维奇尼科夫与瓦金的重逢、奥西波夫的幸福生活都意味着，人世虽然充满苦难，但只要有求真求善的理想，人类一定会有一个美好的未来。

同样，作品把诗歌、散文、歌词集于一身使文体杂糅，文本中作者与读者的交互性等都是《卡扎罗莎》的创作特色，限于篇幅，我们就不再加以赘谈。

在这里，我们再介绍一下本书的作者。列奥尼德·尤泽福维奇是历史学副博士，曾经当过中学历史教师，后来成为作家和编剧。他于20世纪70年代末走上文坛，迄今为止创作了为数众多的作品，曾获得国家畅销书奖（2001年、2016年）和大书奖（2009年、2016年）。《卡扎罗莎》曾入围“俄罗斯布克奖”（2003年），是他的代表作之一。他被某些文学评论家视为可以与佩列文等人相提并论的俄罗斯新现代主义文学的代表人物之一。

最后，我们要对中国广播影视出版社及编辑王萱老师表示感谢。正是在出版社的努力下，《卡扎罗莎》的中译本才得以与广大读者见面。由于翻译本书的时间比较仓促，而且译者水平有限，书中的不足之处，还请读者诸君多多指正，在这里先行表示谢意！

译者

2019年12月

目　录

CONTENTS

第一章 塔希提女人

沙滩上堆叠着死亡的蜉蝣。河岸落满成群的长吻蛱蝶，水面覆着一层厚厚的浮萍。小船穿过船边渐渐稀疏的浮尸，这些人昨天还在庆祝自己的命名日，妈妈手拿盛着煤油的油桶，在汽船驶过涌来的波浪中尽力保持着身体平衡。睡梦中他知道，这是1919年夏天，父母尚在人间的最后一个夏天。父母允许在他们面前吸烟，他坐在船尾，嘴里叼着烟卷。右岸在前一天被红军占领了，河岸悬崖上的弹坑黑乎乎的，弹坑边缘像热蜡融化般地流淌着沙土，可是，靠近城市的左岸仍然掌握在鄂木斯克政府手里。他们正是划船驶向那里，以便明天在亚历山大一世花园飞扬而起的漫天杨絮中，可以看见俗称“牧羊场”的城市绿地和花园。一队军人经过“洛兰日”电影院朝车站走去，一辆汽车赶上这队军人，队伍立刻闪到道路一旁，车里端坐着乌科-乌戈韦茨将军，他不苟言笑，脸上一副拉普兰猎人式的神情。半年之前，冒着十二月份的暴风雪，他率领手下的西伯利亚步兵首先冲进城里，而现在，他准备带着他们返回东方。盛夏之际，不得不从林区返回城里。渡过卡马河，阳光照在河面，船桨划过泛起的漩涡里波光粼粼。天宇间回荡着天使般的歌声：

就像天鹅滑过清澈的水面，

轻轻摇摆，小船在前行……

这不过是舒伯特的《船夫曲》罢了，应该清醒了。

瓦金在床上探起身子，去拿床头柜上的闹表。他总是在清晨五点钟醒来，这时，窗外电车库的电车开始上线运行了。尽管窗玻璃的缝隙都仔细涂抹了油脂，可是电车车轮和道岔接触发出的叮当声，还是震得窗玻璃当啷啷直响。稍后，这种响声便汇合进城市醒来的嘈杂声中，这种折磨人的声音总算消停了，可是，没等早晨的朦胧睡意再次袭来，隔壁房间便响起了闹钟的铃声，儿子开始起床并做起了早操。随后的洗漱过程动静很大，对于年近五十的父亲而言，真是不应该。唉，他干吗非要把胸脯拍得啪啪作响？

壶盖咣当一声扔到了桌子上。儿子将厨房里的水龙头开到最大，可是水壶并没有立即放在龙头下面，他有意先放一放水管里的夜间存水。儿媳觉得这种水有害健康。听着自来水在水龙头下哗哗地流淌了半分钟，简直让人无法忍受，水流声让人的心跳都停止了。每天早晨，儿子和儿媳的这种做法，还有孙女卡佳起床之前就打开录音机的习惯，有时让瓦金很不舒服，使他心生一丝怨气。

八点半钟，房门最后一次关上，这时，瓦金心里感觉有些放松了。这时他突然想起，昨天儿媳让自己去趟学校，查看一下成绩册里卡佳的学习成绩。他们担心卡佳的学习有些问题，而卡佳本人可能向家长隐瞒了学习成绩不好这件事。

即将到来的一天让人充满期待。穿衣、吃饭，瓦金在心里一直念叨着，今天不同寻常，不能像平时漫无目的地闲逛，今天自己有目的地出门，有正经事。想到这些，瓦金早饭都吃得特别香。

卡佳平时乘坐电车上学。像所有特权学校一样，这所学校位于市中心，二层小楼，深红色的抹灰砖墙，这是圣史蒂芬教区女子学校旧址。瓦金在上课时间来到教师办公室，需要等到课间休息，只有在课间休息这十分钟里，学生成绩册才能拿回到教师办公室，放在红色胶合板制成的专用柜子里。多数老师都到教室去了，只有两个老师坐在桌旁批改作业。她们节奏一致地快速批改着。玛雅·安东诺芙娜，一个英国女人，卡佳整个冬天私下里一直跟她学习。只见她站在窗旁，身边站着一个领导派头的老先生，这个人几乎完全秃顶，身穿一件质地柔软的灰色长外套。普通商店不卖这种外套，只有那些退休的州高层领导才穿这种外套。

外套下露出白色的军官专用毛围巾，这也是有功之人的标志，尽管并非是真正的军人。看见瓦金，这位老先生礼貌地朝他点头示意，表现出一副旧式绅士礼节，瓦金不久前才意识到这一点。以前他根本就没有这种礼节，可是现在，这个人举止优雅，文质彬彬，像个绅士，他可以行鞠躬礼，可以亲吻女士的手，或者站在门口恭敬地伸手迎来送往，好像一辈子都在这么做，并且勇敢地将这些行为举止保留至今，尽管这些话语和手势并不受欢迎。

这时，电话铃声响了，老先生随即转过头去。瓦金看见了他左边的耳朵，这是一只丑陋的畸形耳朵，它紧紧贴着光秃秃的鬓角，50年来未曾改变。瓦金脑海中瞬间浮现出一个名字——斯维奇尼科夫。娜佳死后，瓦金神奇般地变年轻了。他愿意与人交往，但是这些交往并未激起他任何特殊情愫，非但如此，还给他带来痛苦的伤感。此时此刻，他准备走近这个人，并且已经酝酿好了情绪，以便叫出这个名字，随后再说出自己的名字。突然，几乎是一种生理上的反感让他觉得，曾经维系他们的东西已经荡然无存了，那段生命之曲遗留的仅仅是一段旋律。旋律如同水在沸腾，激荡在意识的门槛边，但终究无法跃过这道门槛。

步履迟缓，还没有从卡佳的学习成绩这一迷雾中回味过来，瓦金来到存衣室，递上存衣箱号牌，取回大衣，穿好，然后走了出来。外面和煦温暖，阳光明媚，杨树伫立在氤氲雾霭中。门廊台阶旁摆放着一排长凳，经过一冬天风吹日晒，漆面斑驳，破损严重。他在其中一个可以看到门廊的长凳上坐下，开始等待斯维奇尼科夫出来。

面前干爽的柏油路上用粉笔画着一排格子，每个格子对应一个年级，十年级是毕业年级，在最后一个格子。在这个格子的顶端线外面，画着两个大括号，一个括号里面写着“监狱”，另一个里面——“储蓄银行”。以前，这两个括号里面分别写着“火与水”，再往前是“战争与和平”，而在瓦金自己踢鞋油盒做这种游戏时，括号里的词则是“天堂与地狱”。

六岁的时候，妈妈让他学会一首小诗，赞美的是烟囱清扫工佩特鲁沙：

佩特鲁沙正在走来，
光荣的烟囱清扫工，

他的脸颊黑漆漆，
可心灵却清凌凌。

他的黑色不可怕，
害怕虚伪的美丽。
美丽经常导致伤害，
他的扫帚救人于火。

诗中赞美的这位英雄，有仙女般善良的心灵，他用自己的魔法扫帚催人欲睡，而孩提时代的瓦金总是害怕夜里发生火灾，即使现在，他也不敢独自守护母亲的坟茔。没人知道他的父亲葬在何处。肠伤寒病一个星期内夺走两位亲人的生命，妈妈幸运地死在家里，而父亲在黑色的海盗旗下被送进伤寒病房。从那里，尸体被分批运到森林里，埋在不同的地方。

瓦金很少梦见父亲，可是妈妈却经常出现在他的睡梦里，出现在外婆、姨妈萨莎、姨妈萨莎的女儿们——所有爱妈妈的人的睡梦里。妈妈心灵纯净，心地善良。外婆说，心灵纯净，就会随心而欲，天使将其送往人间，因为她不可能加害于人。有时，她的声音即使在柔声细语中转瞬即逝，瓦金也能真切地听到。

有这样一个情形让他久久不能忘怀。一天，作为《劳动力量报》的通讯员，他被派往预备役炮团炮兵连去领取一匹退役的马——这匹马很幸运，没有被宰杀来做香肠，而是被当作编辑部四轮马车的驭马，这可比拉沉重的大炮强多了。军营位于郊区，这里依稀显现着居住区的面貌，那条名为西伯利亚的大街，从卡马河畔延伸远去，渐渐失去其城市主干道的风貌，最后并为西伯利亚的普通公路。院子里杂乱地放着装煤的大木箱，冬天它们用作取暖的劈柴，因为煤炭非常紧俏。箱子木板的边缘长满了白色的蘑菇。这些蘑菇由于吸收木材的养分而滋生，就如同铁锈——依赖铁，虱子——依附肉体，党的口号——依靠人的精神一样。意识形态之战很像墙里伸出来成弯曲状的长长水龙头：龙头具有双层含义，灰墙上写着漂亮的“开水”字样，字体被涂抹过，接着重新写上，又被仔细刮掉，随后上面再次出现明显的刮痕。无论水管还是锅炉房，都早已废弃了，这里面临一个比较尖锐的问题：如何做到正确标示——这个水龙头流出来的究竟是什么水？

几个人从他身边走过前往马厩，根本没有跟他打招呼，一切都商量妥了，吩咐他前去领马并牵来，可是出乎他的意料，炮兵连饲马员让他从三匹又老又瘦的马中挑选一匹。唯恐出现闪失，他忐忑不安地紧盯着眼前的三匹老马，直至耳畔听到妈妈的低语：“喏，就选这匹！”

这是一匹名叫克洛布斯（地球仪之意——译者注）的杂色

骟马，这匹马让他不禁心中一动。只见这匹马的脸上，从鼻孔向上，交叉分布着几道细细的白色纹路。这首先让人们想起了网格，可是，给它起这个名字的人，觉得它们与地球经纬线非常相像。具有这种眼光的人现在并不鲜见，不过，这匹骟马年轻力壮的时候，或许叫另外的名字。

瓦金牵着克洛布斯回来了，将其拴在楼下门边，然后上到了二楼。编辑部位于索利卡姆街，占用一个老旧印刷厂楼上的三个房间。在高尔察克政权时，这些房间被用作城市联盟办公室，管理军用医院和士兵野战食堂。过去的陈设中留下了笨重的桌子，铺着脏乎乎的绿色台呢，上面洒满了墨水的斑斑痕迹；一个包裹着锡箔的大木桶，里面栽着一棵枝条繁茂的棕榈树——这是打字员娜佳精心照顾的对象；一个庞大的壁橱，看上去如同一个卸货场；一个钉在墙上的搪瓷牌，上面写着“请脱帽”。

宽大的房间里坐着两个人。文学顾问奥西波夫，背地里是个酒鬼，这个悔过自新的山地抵抗者长着一张贪婪沮丧的面孔，眼睛里透着痛苦的神情，负责校对打字稿。助理编辑斯维奇尼科夫检查他的工作，他们两人的职责并没有明确界定。他手里攥着一支红蓝双色铅笔，正准备投入工作。这种双色铅笔在他阅读过的所有文章、条样和手稿上都留下了痕迹。蓝色用于责骂，红色则用于赞美。斯维奇尼科夫的脑袋上也有这两种颜色——剃得溜光锃亮的脑袋泛着幽蓝色，鬓角处和残缺左耳的后面清晰可见的疤痕则透着微红色。去年春天，一枚炮弹击中瑟尔瓦河岸的峭壁，所幸并未爆炸，崩起的碎石割伤了他的颅骨。被称作帝国主义战争的第一次世界大战中，20枚炮弹可能有一枚没有发生爆炸，而在内战中，特别是去年——三分之一可能是哑弹。

斯维奇尼科夫冷漠地瞥了一眼拴在窗外的那匹骟马，不过，他倒是很欣赏这匹马的名字。凡是具有世界性的东西都让他心生欢喜。

奥西波夫在眼前的纸上胡乱地涂抹勾画着，斯维奇尼科夫坐在桌旁，让瓦金坐在自己身边。桌上铺展着一张海报清样，上面印有节日活动内容，这是庆祝城市从高尔察克手中解放一周年。一周之后就要庆祝这一节日。根据省委员会决议，这个节日定为7月1日，虽然这一天东线第三军团的先头部队攻进了城市，而西伯利亚第一军团的最后一部分部队才撤离这个城市，确定解放的时间显得很困难。郊区的战斗持续了三天，济涅维奇军团沿着两条铁路支线，同时还乘船顺着卡马河进行后撤，一周之后，“佩佩利亚耶夫将军号”装甲列车竟然冲进了干线上的火车站，用76毫米机关炮朝大桥猛烈扫射。

一列接一列的装甲列车，其中有“君主号”“歼灭者号”“首领号”“勇敢号”“威严号”“机灵号”“乌尔班科夫斯基上校号”和“卡佩里将军号”，缓慢穿过城市，驶向东方。从西方驶来接替它们的装甲列车有“共产党员号”“叶尔马克号”“红色战鹰号”“自由战士号”“劳动人民捍卫者号”。奥西波夫说，这份名单可以视为驶向特洛伊海岸的战舰清单。

海报由瓦金亲自拟定，上面的内容他可以倒背如流：中午在谢诺广场举行阅兵式和群众大会，傍晚五点钟在市立剧院前面举行集会，然后在剧院里举行演唱会，由来自彼得格勒（即现在的圣彼得堡——译者注）进行巡演的演员们表演，在卫戍部队俱乐部演出戏剧《两种真理》，在伊斯兰俱乐部演出戏剧《没有塔夫绸》中的几个片段。演唱会还计划在几个地方举行，包括拉脱维亚步兵“秦”俱乐部、位于扎伊姆卡的劳动文化宫、“蚁穴”寄宿学校以及路桥工兵连兵营。除了市立剧院，其他地方都是免费观看。

“海报是你写的吗？”斯维奇尼科夫问道，“为什么上面没有‘希望’俱乐部？”

瓦金这才意识到自己的疏漏。他应该考虑到，这位以前的印刷工人、前连长和第29师维堡森林团的参谋长——尼古拉·斯维奇尼科夫正在学习世界语这门国际语言。他在攻取城市之际不幸受伤，在医院里躺了很长时间，也就是在那里，军医西科尔斯基将他引上这条“歪门邪道”。他桌子上方的书架上，一侧放着一本捷维亚特宁编写的自修课本和路德维克·柴门霍夫编写的《世界主义基本原理》，另一侧是众多宣传世界语的小册子。斯维奇尼科夫用它们来吸引同事和编辑部的访客，让他们也对世界语产生兴趣。瓦金当时得到了第三军团政治部在维亚特卡印制的一本《世界语五百句》。这些话语摘自外语教科书，并且掺杂进当时的宣传口号。号召对农民友善并对皇帝宣战，这一号召基于让知识分子心存疑虑的谨慎假设："干净的白色袖口和衣领——对男人而言，这是很好的装饰。对吧？"关于"春天里雪和冰会融化"以及"孟什维克是不值得信任的人"——这种说法是将真理等同于起码的常识，极易混淆人们的视听。

"在你看来，"斯维奇尼科夫接着说，"我们的俱乐部专为内部使用，外人不会到我们这儿来，而自己人来不需要任何公告。在海报上做预告没有意义。是这样吧？"

"原则上，是这样。"瓦金不假思索地回答道。

"是谁教给你的？"

"什么？"

"你现在说的。"

"这是您说的呀。"奥西波夫插嘴说道。

斯维奇尼科夫并未理会他，甚至没有回头。

"你可是在历史系学习过。认识达涅维奇这个学生吧？"

他认真地问了瓦金一句，“一个犹太人，总戴着一副墨镜。”

“认识。”

“他是你的朋友？”

“不是，仅仅认识而已。怎么了？”

“就是他怂恿，让你不在海报里列上我们的俱乐部，对吧？”

“您在说什么呀！”瓦金惊讶不已，“我从去年冬天就没有看见他了。”

这是千真万确的，他从三月份起就没有遇见过达涅维奇，当时学校礼堂举行一场公开讲座，主讲人是来自莫斯科的泛无政府主义者戈尔金，他是通用语言“AO”的首创者。当时，他和娜佳来听“来自明天的女人”的讲座，这是个系列的秘密讲座，可是，为了给戈尔金让路，这个讲座被取消了。

在“AO”语言中，总共只有11个字母，5个元音和6个辅音。书写上，它们呈现出音乐符号和几何图形相结合的数字形态。戈尔金强调，他的语言是通用的，而通用性就排除了使用世界上现有的任何字母，因为它们都与一些国家或国家集团有关。这种联系让这些字母的声誉受到严重损害。

戈尔金身穿一件紫罗兰色的丝绒短衣，体态臃肿，头发蓬松，只见他一边用粉笔在黑板上描画书写字母的五线谱，一边大声地讲解语法规则。瓦金在一个香烟盒上记下动词“做、行事”的变位：аа——不定式，биааб——我做，цеааб——你做，циауб——你将要做。戈尔金认为，他创造的语言，其主要优势在于具有很多感叹词，它们可以表达人类所有的细微情感。不过，他也承认，迄今为止，他的这一创造未必可以付诸实践。“AO”语言为未来的社会定制，那时的人们充满着自由，他们不知道畏惧，不晓得禁忌，他们赤身裸体，高傲美丽。这个群落将会问世，那时，所有怀孕至第九个月的女人必须实行剖腹产。当一种奇怪的力量忍痛将其从母亲肚子里通过狭窄的开口推入未知之地时，婴儿感受到的恐惧永远摧残着他的心灵，因此，自然分娩应该永远成为过去。死亡恐惧只是对出生恐惧的一种记忆，只是对来到另一个世界的恐惧。不知道一个人，也就不晓得另一个人，难怪莎士比亚笔下的麦克佩斯，这个“被用刀从母亲肚子里剖出来”的人，成了世所罕见的勇士。所有婴儿通过剖腹产呱呱坠地，“AO”语言的时代也就随之而至。对于新的人类而言，这是一个不可替代的时代，在这个崭新时代，人们生活中起主导作用的不再是思想，而是情感。

“就是这么一回事嘛。”达涅维奇坚持己见，说完就出去了，随手“砰”的一声关上了房门。

从那以后，瓦金再也没有看见他。

“把它送到印刷厂，让他们填上。”斯维奇尼科夫吩咐，随手将交谈过程中修改完的海报推到瓦金跟前。

在伊斯兰俱乐部和劳动文化宫之间的缝隙处，用红色铅笔标上了箭头，示意此处需要添加上旁边空白处书写的内容：

“省‘世界语’俱乐部。演唱会由彼得格勒女歌星济娜伊达献唱。地点：昆古尔大街，原斯特凡军校。时间：晚上8时30分。”

“这不行，”瓦金发现了问题，“7月1日卡扎罗莎要在市立剧院演出呀。”

“那里7点开始，我们这儿8点半。”斯维奇尼科夫强调。

“卡扎罗莎会在你们俱乐部演出吗？”奥西波夫闻言来了兴致。

“会的。”

“真的？您是怎么请动她的？战前她就大名鼎鼎，彼得格勒所有人都为她而疯狂。”

“您听过她的歌吗？”

“听过。”

“什么唱片？”

“什么意思？”

“这还不明白？她出了好几张唱片哩。”

“我只有一张。”

“里面都有什么歌？”

奥西波夫想了想，然后开始唱了两句：

也许，她生在塔希提群岛，

也许，她永远只有十五岁。

“这不是她的歌，”斯维奇尼科夫肯定地说，“卡扎罗莎唱片上没有这首歌。”

“您知道她的所有唱片？”瓦金惊讶不已。

“是的，根据彼得格勒戈尔茨坦商店的目录。”

“那有多少张呢？”

“四张，”斯维奇尼科夫伸出四个手指头，“四张唱片上都没有这首歌。”

一个星期之后，7月1日，她死于非命。

对于瓦金来说，这个女人的年龄仍然是个谜。现在，他比她当时至少年长一倍，就算她是个永远十五岁的塔希提女孩儿，一头秀发，戴着荷花花环，也应该增加五倍的年纪了。众神的宠儿往往红颜薄命，年纪轻轻就告别了人世。瓦金早就迈过了那道年龄门槛，在其后面，年轻时鄙视一切的老生常谈，这时都会抛掉迂腐的陈词滥调，并在赤裸裸的光芒中展现出永恒的真理。

第二章 姐妹

1

假如有人让他说明，为什么他，一个前不久刚刚接受肾脏手术的80岁老人，在喀山车站排了两个小时的队买票，然后整整一昼夜在闷热的车厢里煎熬，里面一扇窗户也不打开，而他仍然义无反顾，决意前往。所有这一切都源于乌拉尔一位陌生女老师的一封来信——信里都是礼貌套话，两三个不太熟悉的名字，还夹杂着几个世界语单词。几个自诩为世界语专家的人，决定寻找世界语根源，而这位玛雅·安东诺芙娜则代表他们，请求斯维奇尼科夫撰写一部有关“世界语”俱乐部的回忆录。

当时，出版社的某个部门正在将他前同事的回忆录寄来让他审阅，斯维奇尼科夫笃信自己记忆牢固，总是通过罗列错误来进行尖锐评论，而且还打算给杂志社写文章，可是，一开始就显而易见，肯定一事无成。斯维奇尼科夫用一个手指在打字机键盘上单调地敲了一个星期，最终，还是放弃了这种徒劳无功的工作，将可怜的工作成果丢进垃圾管道，然后就启程了。甚至连女儿也没有预先告知，只是在车站才给她单位打了个电话。

火车上，由于闷热，斯维奇尼科夫气喘病开始发作，而且病情无法得到缓解，睡眠很不好。然而，第二天刚坐进出租车，他就涌现出一种陶醉感，似乎不是自己想来这里，而是命运使然，受自己心愿驱使，就像年轻时经常发生的情形一样。出租车从波克罗夫大街拐上了昆古尔街，他从远处就看见了斯特凡军校的轮廓。

附近盖起了一些白色的12层住宅楼，底层是“大洋”和“苹果树”的商店，不过，学校所在的这幢房子依然是老样子——还是那种深红色的砖墙，顺着墙是齿状墙裙，那尊雕像依然矗立在正门口的大树下面。右侧门廊连着的斯特凡圣彼尔姆四角形教堂，其圆锥屋顶还完好无损。

街道从这里陡然向上，转向庞大的黄白色基督救世主大教堂，上面有巨大的阶梯式钟楼。钟楼上十字架的顶端就是城市的基准点，也就是地图上标示城市所在的那个点。再往前，除了天空之外，什么都没有了。大教堂后面，从这座城市七峰山的最高峰，河岸朝卡马河陡然下降。

人民法院将法庭设在水运工人的“纤夫疗养”俱乐部。旧政权时期，这里是“格林纳达”餐厅，它是一座单层建筑，很像清真寺，有一个硕大的穹顶和摩尔式窗户，它位于滨河甬道旁边，距离毗邻大教堂的名人墓地一个街区。

斯维奇尼科夫走进俱乐部的剧场，坐在第二排，紧靠过道。从早晨开始，省委就不停地打来电话，要求拿出针对该机构工作给予实事求是评价的文章。理由是，法院做出了一系列不恰当的宽大判决。

下午的审理开始了，舞台上放着一张长桌子，后面坐着一名法官和两名人民陪审员，以前，外来的卡门舞者就在这个舞台上敲击手鼓和响板。这里正在审理一起案件——一起并非危及自治共和国安全的刑事犯罪。案件严重时，需要有四名陪审员，如果案件特别严重，则需要六名陪审员，不过，这种情形实际上从未出现过。

法官的右侧呆坐着一个素不相识的高加索人，身穿预备役军服。左侧坐着伊达·拉扎列芙娜·列维娜，只见她紧张地摆弄着自己的手指。她是“蚁穴”寄宿学校的老师，跟斯维奇尼科夫一样，也是“世界语”俱乐部的董事会成员。事实上，她的父称是叶菲莫芙娜，而她把自己的父称改为拉扎列芙娜，这是为了纪念她的教父——世界语创始人拉扎鲁·柴门霍夫，尽管他临终前取了一个新名字——路德维克。拉扎鲁·柴门霍夫这个名字得以保留，并在很小的范围内使用，据说，是他的一些最亲密同事坚持的结果。世界语追随者的人数应该增加，而因为老师具有犹太血统，追随的人会更多。

去年夏天，当时斯维奇尼科夫还没有理解世界语运动的意义。继西科尔斯基之后，伊达·拉扎列芙娜成为他的第二位老师。她比他大五岁，但她似乎更年轻。步态轻盈，风姿绰约，棕红色长发，乳白色皮肤——这些都是养尊处优的祖辈们遗传给她的，所有这些使她说出来的每个理由都无法抗拒，念出来的每个词语都变成了音符。斯维奇尼科夫满怀敬仰之心倾听，深信不疑。她倾心于гомаранизм“世界主义”（直译为世界语，也可译为全人类——译者注），所以，新来的学生在她的课上首先学会这样一些单词，这些单词在任何一种语言里都没有，也不可能存在，因为这些单词所表达的概念只能与世界语一起使用，才能出现在世界上。八月酷暑里，他们两人几乎脸贴着脸埋头于捷维亚特宁编写的教科书，她裸露着双肩，凉丝丝的手不时触碰到他的手臂。斯维奇尼科夫耳畔传来低语声，那是一些无法准确翻译的单词主要内容——“гомарано”（世界语，意为人类大家庭成员——译者注）。如同飞吻一样，这个单词从她的嘴唇翩翩起飞，然后缓慢融化，温柔得足以适应陌生的语境。其他任何语言都不可能以粗俗的方式来表达它。光影是它的兄弟，杨絮是它的姐妹。与此同时，就像处于某种信仰中一样，他感受到有一股威严的力量在指引着伊达·拉扎列芙娜，给她指出一条道路，这条道路穿透笼罩这个世界的层层迷雾，通向光明。

每个星期学习两次。第二次上课时，他们共用一个杯子喝茶。第四次上课时，他们两人就开始了浪漫之恋。当时，她告诉他，柴门霍夫博士创立了世界语之后，一直无法出版自己的研究成果。他是波兰比亚尔斯托克的一个眼科医生，生活窘迫，就像犹太教教堂里的老鼠。有一次，他医治好了一位富家姑娘的白内障。视力恢复之后，这位姑娘爱上了这个让自己重见光明的恩人，他也喜欢上了她。婚礼已经安排妥当，新娘的父亲很吝啬，作为嫁妆，赞助新郎一点钱以便出版他撰写的书籍。柴门霍夫以“希望者博士”名义出版了这本书，意味着“心怀希望之人、希望者”。可是，岳父给的钱仅够出版一本40页的小册子。其中序言就占了23页，5首用世界语写的诗歌占5页，6页才是教科书的内容，2页是词汇表。

“数字好像不太对吧？”伊达·拉扎列芙娜问道。

斯维奇尼科夫也猜到了，这些数相加，总数是36页，而不是40页。原来，柴门霍夫将余下的4页用作带剪口的优惠券，上面印有自己在比亚尔斯托克的地址以及这样的文字：“我——随后空白处用来填写名字和姓氏——承诺学会世界语，除了我，应该还有1000万人将要学会它。”这本小册子开始销售，而优惠券也开始通过邮局寄给作者。大部分情况是，这句话的结尾部分都被划掉了。

“几十人无条件地开始学习世界语，”伊达·拉扎列芙娜说，“他们来自不同国家，决心彼此成为兄弟姐妹。”

话音刚落，斯维奇尼科夫的嘴唇便被亲吻上了，不过，完全不是兄弟姐妹式的亲吻。

现在，他在门口就捕捉到了她那狂喜的眼神，可是，他却冷淡地朝她点了点头。作为一个聪明的女人，她心里明白，他们之间的一切都结束了。

几乎没有旁听者。前面几排长椅都空着，后排的椅子上散坐着几个神态悠闲的男人——显然，他们来到这里完全是出于百无聊赖，无所事事。靠近审判台坐着两个人：一个女人怀里抱着一个婴儿，婴儿正无精打采地吮吸着女人绀青色的干瘪乳房，她外衣里面没有穿任何东西，直接向上掀开外衣进行哺乳。身旁的男孩跟她一样，衣衫褴褛，长着尖尖的兹梁人所独有的小鼻子。斯维奇尼科夫猜测，这是被告的老婆和孩子。

正在审理皮具匠霍德列夫的案件，他企图从机车维修厂盗窃传动带。他面孔黝黑，喉结很大，长着小脑袋，垂头丧气地站在审判台上，一个前拉脱维亚步枪军团的警察在一旁警戒。显然，证人已经询问完毕，并且被带出了大厅，以防止发生不愉快的事情。

两天前，斯维奇尼科夫出席了省肃反委员会（简称音译“契卡”——译者注）、军事运输法庭和刑侦局的联席会议。会上通报说，间谍案和反革命事件开始减少，然而，职务犯罪的数量却急剧增加：仅仅上周，处理了三起仓库保管员盗窃案件，这些人倒卖从仓库盗窃的肥皂和矿物油，一个烟草劳动组合的朝鲜族人倒卖火柴，城市合作社下属票证管理所的所长出售并私自分配票证，凭这些票证可以向社区食堂提供食品。霍德列夫案件也属于这种性质。他在家里制作皮具，同时还干着更夫的工作，而他值更的所有工厂，几乎被其盗窃一空。

“你还坚持认为，你没有碰过自己在家里制作马具的皮条？”法官转向他，问道，“拿的只是没有用的边角料？”

“是的。”霍德列夫肯定地回答。

“可是证人卢什尼科夫供述，你拿的不仅仅是边角料。”

“他自己就是仓库管理员，这个叫卢什尼科夫的人。他还没对您供述，我没拿的那些都到哪里去了。”

“这么说，你认为卢什尼科夫也偷盗。你可以拿出证据吗？”

“可以。他去年才从维亚特卡搬来，而现在家里样样俱全，甚至还用鸟笼子养起了鹦鹉。”

“你见过这只鹦鹉？”高加索人闻听眼睛一亮。

“看见过一次。”

“鹦鹉大吗？还是很小？”

“有这么大吧。”霍德列夫用手比画着。

“是只大鹦鹉。什么品种呢？”

“不知道。”

“有金刚鹦鹉、白鹦鹉、凤头鹦鹉。这只是什么样的？”

“金刚鹦鹉，是金刚鹦鹉。”小霍德列夫赶紧在下面提醒父亲。

霍德列夫复述了一遍：

“金刚鹦鹉。”

“是金刚鹦鹉！金刚鹦鹉啊！”高加索人表情夸张地模仿，“你是哪里人？格鲁吉亚人吗？”

“为什么是格鲁吉亚人？”法官一脸迷茫的样子。

“格鲁吉亚人总是这么说：金刚鹦鹉，金刚鹦鹉！不对，是用他们自己的语言。真是倔强的民族！无论跟他们说什么，他们都不同意。”

“每个民族都有这种人。这跟民族没有关系。”伊达·拉扎列芙娜说了一句。

“就是说，没有凤头？”高加索人追问霍德列夫。

“没有。”

“哎哟，这鸟可值钱喽！”

“带凤头的便宜吗？”法官也来了兴趣。

“那还用问！我建议让审判委员会前去证人卢什尼科夫家。如果有鹦鹉，就要弄清楚，用什么钱购买的。如果没有——就加倍惩罚被告。”

“为什么要加倍？”

“因为欺骗。阿曼努拉汗执政时就是这样的法律。”

“禁止引用被推翻政府的法律。”伊达·拉扎列芙娜提醒说。

感觉有人支持自己，霍德列夫朝她转过身去。

“上帝保佑，小姐，我拿的只是边角料呀！”

“可是，边角料也可以缝合在一起。”她冷漠地说道，显出一副客观公正的神态。

“那就不需要马具啦，是不是？”长着尖尖兹梁人小鼻子的男孩大声嚷道，显得异常愤怒。

法官让他闭嘴，并且让他说声谢谢，因为审理他父亲案件的是人民法院，而不是军事运输法庭。他父亲那个工厂可是机车维修工厂，性质很严重呢！

男孩一副滑稽的模样，开始一个劲儿哈腰鞠躬，嘴里不停地重复：

“谢谢，谢谢！真是大好人！一辈子也忘不了你们！”

“坐下！”法官冲他大声喊了起来。

斯维奇尼科夫实在忍不住，站起身来。

“法官同志，我可以说两句吗？”

“不，不可以。”

“为什么？他有权利说话嘛！”伊达·拉扎列芙娜插嘴道，“根据人民法院的法令，出庭人当中，可以有一名辩护人和一名控诉人参与听证。”

斯维奇尼科夫从套头衫的衣兜里拿出一个折成四叠的小纸块，然后将其展开。

“这是来自昆古尔一个县城的来信。可以读一下吗？”

他随身带着这封信，因为从电话中得知，下午将首先审查什么案件。

“斯维奇尼科夫来自《劳动力量报》。”伊达·拉扎列芙娜对法官解释说。

“笔录中怎么登记您呢？”法官例行公事地问，“是作为辩护方还是公诉方？”

“我先读这封信，然后您再决定……‘1918年12月，红军从布尔特姆车站撤离时，一个带飞轮的内燃机曲轴被人从车厢里抛了出来。一年多之后，我和妻子去往合作社，我们看到：过去一年多时间了，飞轮和曲轴依旧躺在布尔特姆车站的原地，而当时国家非常需要这种机械零件。没有面粉，没有肥皂，机器在闲置，可飞轮在地上却无人过问。致以共产主义的敬礼。谢苗·库季耶夫。’”

“这怎么了？”法官一头雾水。

“怎么了？没有机车就没有面粉嘛。西伯利亚的粮食在腐烂，而我们却无法将它们运往乌拉尔，机车修理厂的机器不工作，因为缺乏传动带。您看，其中许多都被做成了马缰绳。我们都是野蛮人，是吧？”

母亲怀里的婴儿发出“吱吱”的尖叫声，让人感觉非常难受。

“哎，这位妇女，你别掐他嘛！住手！”高加索人说，“我觉得你真是可怜。”

斯维奇尼科夫并没有等待判决结果。这个案子已经不再引起他的兴趣，在下一个案子审理之前，他到外面去抽烟。

这里，站在山上，城市的整个中心区域清晰可见。“贫穷的大门通向黄金王国。”一百年前，诗人维亚泽姆斯基写下了这行诗句，当地的有识之士正是从他那里知道了这句引文。这意味着，这座位于乌拉尔山脉大门口的城市，身边就蕴藏着丰盈的财富，可是，城市本身却清贫如洗。

五分钟之后，伊达·拉扎列芙娜来了。

“判了两年社区强制劳动，并驱逐出城市。”她通报说，

“你的发言作为起诉人供词被记录在案。”

“假如我没有发言呢？”

“判一年，不驱逐出城市。法官有些惧怕你，因此判了两年加上驱逐出城。”

她一只手拿烟跟斯维奇尼科夫伸过来的烟对火，另一只手攥着他的手腕，直至吸完一口烟，才松开手。

“科利亚（斯维奇尼科夫名字的昵称——译者注），可以解释一下，到底发生了什么事？”

“什么也没有。只是没必要再继续我们的关系了。”

“如果原因在于‘世界主义’，你也知道，我属于它的左翼，而左翼与‘兰蒂主义’密切相关。你也知道‘兰蒂主义’吧？”

“知道一些。”

“你敬仰兰蒂这个人吧？”

亚当·兰蒂是巴黎的一个木匠，战争期间在西部前线做卫生兵，并在那时便抱有坚定的信念，认为爱国主义——这是需要付出人类牺牲的唯一现代宗教。正是基于这个论断，他才确信世界主义。

“敬仰。”斯维奇尼科夫承认。

“而他的整个世界统一民族主义完全源于Ниа Майстро的思想。”

Ниа Майстро这两个世界语词语的意思是我们的导师，而且这两个词必须大写。即使添加博士这个尊称，直呼他的姓氏柴门霍夫，世界语大家庭成员们也认为有失礼貌。尽管在忠实世界语创始人的遗训上存在分歧，但需要强调世界语运动统一的时候，大家直接称呼他为导师——Ла Майстро。

“这么说，”伊达·拉扎列芙娜总结道，“你并不反对兰蒂，而从兰蒂主义到我和瓦连金坚持的立场——仅一步之遥。你不会反对这一点吧？”

“不反对。”

“既然这样，我很抱歉，二者取其一。我要说明一点，要么，你对左翼世界主义抱有敌意——这是错误的，而你出于自尊不想承认；要么，它与世界主义没有任何关系。”

“就是说？”

“实话实说，我已经厌倦了你！你把思想立场置于自己的男人生理……呸，真下流！”说完，她将尚未抽完的香烟随手扔了。

香烟确实质量低劣，在吸入的时候，卷烟纸并未与烟丝一起燃烧，而是变成黄色，在风中蜷缩，就像中国美女的指甲颜色。

杨树飞絮从牧羊场那边飞扬起来，悬崖下面的卡马河一片灰色，冷清荒凉。一条孤零零的驳船艰难地逆流航行，船上烟囱冒出滚滚浓烟，随即被河岸北面陡峭的防波堤阻挡了回来。

远处，火炮工厂砖墙黑乎乎的车间对面，烧焦的汽船和驳船残骸搁浅在一个小沙岛上；稍近处，空荡荡的码头上散落着折断的栏杆和破碎的跳板。顺着河岸拴着许多木筏，木筏上的人们手拿钩杆拥挤不堪：正在为城市的机关部门准备柴火。击败高尔察克之后，从西伯利亚返回的难民被派来从事这项工作。根据市执委会的决定，每个男人都必须采伐5立方米，每个女人减半——2.5立方米。完成这个定额或者购买了完成定额的证书，可以得到获得居留权的相关文件，这个文件同样可以花钱购买，但价钱比证书更贵。有时直接付钱，更多的时候是使用食品，不过，最为通用的货币是两样东西——避孕套和鱼钩。

2

“咱们走吧，我告诉您明天我们在哪里聚会。”玛雅·安东诺芙娜邀请道。

他们来到前厅，她打开了一扇侧门。即使身处遮着深色厚窗帘的半明半暗之中，甚至在顶棚吊灯还没有点亮之前，斯维奇尼科夫已经回想起了这个房间。每逢星期六，“世界语”俱乐部的董事会成员就会聚集在这里，这里存有档案资料和相关书籍。

现在，这是学校的博物馆。墙上密密麻麻地挂着各种图板，一个壁橱里摆放着许多体育奖杯，玻璃展柜中是上级和校友赠送的各种礼物，其中《鸟类的筑巢生活》一书展开的扉页上有作者的签名和石膏面具——这是В.И.佩尔米亚科夫所捐赠，现在他是大师级的音乐老师。有一堆生锈的弹壳，这是“蓝色远方”地方志小组成员在参观一些战斗遗址时收集而来的。

玛雅·安东诺芙娜从一个小储物柜里拿出一本灰色小册子，封面上有一颗绿星。

“这是给您的。拿着，我们还有三本。非常棒的教科书，我们这儿的积极分子们目前还在使用它。”

斯维奇尼科夫戴上眼镜，只见小册子上面写着书名：

《世界语——案头必备宣传宝典之直接讨论法（第三版）》，作者——М.瓦兰金。“世界语”俱乐部出版，1920年。

随后，玛雅·安东诺芙娜从储物柜里又拿出一本更厚的书。

“这可是真正的稀罕宝贝。很抱歉，我不能送给您，这种书甚至莫斯科中央委员会的图书馆里也没有。它是世界语前辈专家伊达·列维娜转赠给我们的。”

“伊达·拉扎列芙娜吗？”

“您认识她？”

“是的……她还健在吗？”

“三年前去世了。我们是非常要好的朋友，她给予了我们很多帮助。苏维埃政权初期，世界语运动得到她的大力支持。”

玛雅·安东诺芙娜展示着她的赠品：瓦列里安·佩切涅格-盖多夫斯基，小说《命运之手，抑或绿色人之死！》。И. 西科尔斯基译自世界语。

封面上装饰着一只白色的人手，像被割断一样，切断的手腕上裸露着逼真的血管和肌腱。

斯维奇尼科夫仿佛看到一个女人，她身穿象征希望的绿色长袍，身材修长，双脚赤裸。“Бабилоно！Бабилоно！”（世界语，意为**巴比伦，巴比伦**——译者注）她发出悦耳的声音，高举着双手。一个看不见的和声呼应着：“Алта диа доно！”（世界语，意为**神奇的功绩**——译者注）

斯维奇尼科夫惊恐得目瞪口呆，连呼吸都忘记了，这时，眼前逐渐消散的黑暗中突然响起玛雅·安东诺芙娜的声音：

“如果您想看，我可以借给您，但是明天必须归还哦。”

“谢谢，不用。我拜读过了。”

道别之后，他来到外面，享受着春天的和煦阳光。学校门廊附近的长凳上，一个仪表文雅的老人正在打瞌睡，一个小时之前，这个老人还在教师办公室里看着他的耳朵。斯维奇尼科夫永远不会让自己如此入睡，在大庭广众之下颜面尽失。只见老人的头颅垂在胸前，半张开的嘴里淌着一条细细的黏糊糊的口水，一直流在衣服的翻领上。阳光下，细细的口水流就像森林里的蛛丝线，闪着晶莹的光亮。丝线上的白色绒毛非常轻盈，似乎一丝无法觉察的微风都能吹跑它。

四个版面的《劳动力量报》得以印刷了，当然，根据新正字法印刷。高尔察克执政时期的官方出版物——按照旧正字法，右翼社会革命党当权时——也是按照旧正字法，而左翼社会革命党——按照新正字法，并且比苏维埃政权时更激进。有一样东西竟然将它们联结在一起：所有报纸，无论属于何种政权，都会刊登“洛兰日”电影院的放映海报，而这种海报的地位高于所有命令，无论是与反革命分子进行战斗的东线革命军事委员会发布的命令，还是俄罗斯最高统治者海军上将高尔察克下达的命令。电影院所在的房子，既没有被白匪占据，也没有被红军占领。它发挥着自身的功能，被人们细心粉刷和油饰，而且市立剧院这幢建筑，尽管最近三年里频繁用来召开各种大型会议，戏剧演出相对很少，但仍然保存得很好。

靠近剧院的围栏上，张贴着即将举行演唱会的海报，演员是来自彼得格勒的剧团。其中第一个节目由济娜伊达·卡扎罗莎表演——西班牙民歌《阿罕布拉》、俄罗斯平原歌曲以及即兴表演。看起来，这不过是重复她以前表演过的节目而已。

剧院里的走廊位于半地下。其中一扇门里传来小提琴的吱吱响声。斯维奇尼科夫不太喜欢小提琴的琴声，他更喜欢吉他声。他自己就善于演奏小夜曲："哦，我的朋友，没有话语，没有呼吸，我与你沉默不语。"

他推开门，小提琴声戛然而止。闻听要找卡扎罗莎，一个身穿燕尾服和长衬裤的胖犹太人，用琴弓敲了一下隔壁。

"济努莉（济努莉，济娜伊达的昵称——译者注）！有人找你！"

隔壁化妆室里，在一扇大镜子前，背对着屋门坐着一个身材娇小的女人，她身穿丝绸长袍，灰白的头发盘扎在脑后。

镜子有裂纹，上面粘有苍蝇的污迹和汞合金的混合物，即使这般模糊不清，斯维奇尼科夫还是发现，这两年里她的容貌变化很大。只见她面容枯槁，颧骨下面凹陷得很厉害，脖颈处出现了一大块棕色老人斑。她有意掩饰，将长袍的翻领在下颌处翻立起来。只有头发依然是从前的样子。沐浴着从上面照射进来的阳光，他们的心笼罩在一层朦胧的烟雾中。

当斯维奇尼科夫七八岁的时候，曾经这样看着邻家女孩，梦想着不是娶她，而是她突然奇迹般地变成了他的妹妹。

"您好，济娜伊达·格奥尔吉耶芙娜。"他张口说道，有意加重她父称的发音，海报中并没有出现她的父称。

"为什么不敲门？"对着镜子里面他的影像，她问道。

"我敲了，您没有听见……您不认识我了吗？"

她转过身，仔细端详了一会儿，然后默默地点了点头。

“《粉红色的小房子》《惧怕老鼠的爱丽丝》，”斯维奇尼科夫开始列举她演唱的歌曲，“《安达卢西亚的吉普赛女郎》《窗台上的燕子》……”

“您有我的唱片？”

“是呀，并且，我还听过您在舞台上的演唱哩。”

“是1915年，对吧？在夏季剧院？”

“比这个时间晚一些，也不是在夏季剧院，是在盐城。”

“哎呀，是在滑稽剧场。”

“有一次，我还把您送回家。夜里，我们顺着电车轨道前行，您穿着一双黄色的皮鞋。还记得吗？”

“皮鞋还有印象，您——想不起来了。”

“您住在十字街。”斯维奇尼科夫亮出最后一张牌。

“是的，我在那里住过一段时间。是谁介绍我们认识的呢？”

“没有人。我自己跟您认识的。”

“如果您想去听演唱会，我当然可以给您出具一个免费入场证明。可是……您什么时候听过我在舞台上演唱呢？”

“1918年的秋天。”

“那最好不要来了。现在无法跟那时相比喽，我现在不可能给您带来快乐。您自己决定吧。需要给您出具免费入场证明吗？”

“不需要，”斯维奇尼科夫说，“我是受省‘世界语’俱乐部的指派。委托我征询您……”

“您说世界语？”卡扎罗莎打断了他的话。

“对，我是‘世界语’俱乐部董事会成员。”

“这真是一种时尚。所有人都在学习世界语。”

“您不学吗？”

“上帝保佑！我就认识某人用世界语写的两行诗句……Бабилоно, Бабилоно, алта диа доно.”她朗诵了一句，“您可以翻译吗？”

“巴比伦，巴比伦，神圣的事业。”斯维奇尼科夫翻译成了俄语。

“功绩比事业更恰当。‘神圣’一词也不太合适。”

“什么词语才合适呢？”

“神奇的。请见谅，您的朗诵有些粗糙。我的一位熟人给我读过这首诗，他的译诗读起来更有诗意。”

“既然您有这样的熟人，”斯维奇尼科夫闻听此言很高兴，“我想，您就不会拒绝在我们俱乐部演出了。”

“您想要我在您那里唱歌？”

“当然不是免费的。”

“什么时间呢？”她认真地问。

“7月1日。”

“这可不行。7月1日晚上，我还有演唱会呀。”

“演唱会晚上7点开始，您可以稍后来到我们这儿。在剧院旁边，有人驾着马车接您并将您送到地方。距离很近。我们有俱乐部基金，也有消费合作社食堂的餐券和食品券，不过，在那里也可以领取餐券。您希望怎样的报酬呢？”

“我不知道。”卡扎罗莎显得不知所措，他的强势让她感到惊讶。

“您喜欢现金还是食物呢？”

“或许，现金更好？”她小心谨慎地说道。

“苏维埃纸币——是的。”

“是你们当地的纸币吗？有没有莫斯科纸币？”

“我们这儿什么都有。”斯维奇尼科夫说道。

路上他盘算了一下，估摸可以从董事会成员那里要出多少钱，所以，他自信地说出了一个数字：

“五万。可以吗？”

“太多了。”

“您为什么不讲价呢？”

“我不会呀。”

“您生活得很好喽。”

“怎么个好法？”

“就是说，生活并没有迫使您学会讲价。”

她苦笑了一下。

“只不过像我这个年纪，已经没有什么好学的了……我应该唱什么歌呢？你们有什么要求吗？”

“真想听到莱蒙托夫《睡梦》那首诗的抒情曲。您知道这首诗歌吧？”

“如果是‘在达吉斯坦山谷的正午炎热中’，那就知道。”

“正是这首诗。给您诗词。”

说着，斯维奇尼科夫从公文包里拿出一张纸。

“不需要。”卡扎罗莎笑了起来，“我从小就记得这首诗词。”

“用世界语写的诗词。”

她开始高声朗读第一行诗句：

“在达吉斯坦的战争中……我读得不错吧？”

“不可能读错。世界语就是让人快速学会，里面的字母怎么写就怎么读。”

“Сенмова кусис...”

“Кушис,”斯维奇尼科夫纠正说，“带钩的‘*Эс*’读作‘*ша*’。”

“Сенмова кушис ми кун бруста вундо...”（世界语，意为我的胸中满是伤痕——译者注）

她一边高声朗读，一边品味着这些奇怪词语的旋律，此时此刻，斯维奇尼科夫意识到，她没有任何变化。就像两年前，这个有着大自然女神般婀娜身姿的女人，曾经在盐城剧场的舞台上翩翩起舞，在他面前引吭高歌，她那天籁般的歌声让他激动不已，眼含热泪。

在世界语中，动词既没有形动词，也没有阴性变位形式。动词“躺卧”的阳性和阴性形式——读起来都一样。“胸部中弹”才是重要的。大家纷纷说，死神降临在她头上。子弹击中她的胸部，随后，一种无法摆脱的感觉萦绕心头，这句话如同咒语从黑暗中呼唤而出，将她引向死神。看来，假如另有选择，她就不会死于非命。

第三章 巡回女演员

瓦金在低沉的隆隆声响中醒来。一辆清扫车正沿着人行道行进，车底的钢刷清扫着路面的垃圾。

他回到学校，找到玛雅·安东诺芙娜，从她那里得知，斯维奇尼科夫住在“河畔”宾馆304房间。今天他不在这里，但明天六点钟之前，他会前来与这个城市的世界语者见面。

7月1日晚上，刚好八点钟，瓦金乘坐克洛布斯领驭的编辑部的四轮马车风尘仆仆地赶到剧院。通信员瓦尼亚·佩尔米亚科夫手拉缰绳，他是赫洛普沙（1714—1774，俄罗斯农民战争中Е.И.普加乔夫的战友——译者注），是劓刑犯人。斯维奇尼科夫吩咐他，等演唱会结束后迎接卡扎罗莎，把她送到斯特凡军校。

剧院入口对面立着一个带栏杆的木制高台，很像普加乔夫的断头台，只是缺少横木以及顶部安有滑轮的立柱。这么设计并非偶然。设计的象征意义是为了庆祝战胜高尔察克，这是普加乔夫后代取得的胜利，正是在这种高台上，伟大的起义者被高尔察克的先人们斩首示众。

群众集会之后，这个高台尚未拆除。紧靠高台放着一个胶合板制成的高大的红军塑像，刺刀上悬挂着几个头戴军帽、身体里面塞满破布的麻布偶人。这些偶人代表被红色浪潮卷向西伯利亚的高尔察克的将军们。他们主要是两类人——疲惫不堪的狂热者和猥亵贪婪的恶棍。其中一个矮矬的偶人，佩戴木偶式小刀，留着扎波罗热式胡须，胸前的标牌上写着——乌科-乌戈韦茨。

据说，他好像拒绝了圣乔治勋章，这是高尔察克嘉奖他攻占了这座城市。兄弟互相残杀的内战期间，他不可能被授予俄罗斯勋章。胜利后的第二天晚上，站在斯帕索-普列奥布拉仁斯基大教堂的台阶上，他发表了讲话，几千人拥挤在下面，流淌着冰凌的冷冽的卡马河上空，零下三十度的严寒中，高悬着一轮血腥的满月。月面上的模糊斑点渐渐显出两个影像：该隐和嗜杀成性的亚伯。

现在，乌科-乌戈韦茨或者跟卡佩里分子们一起逃亡中国，或者依然在外贝加尔白匪谢苗诺夫的手下作战，而他的儿子，二十岁的中尉，依然长眠在圣徒教堂的叶戈希欣公墓。去年冬天，一支铅箭穿透他的身体，从他的头颅直达胸部。第三军团总部航空队的飞行员飞到成群的白匪步兵上空，然后从箱子中撒下这些铅制箭镞。一个捷克人站在娜佳公寓的楼顶，他属于捷克军团，捡起了一个这样的箭头。瓦金将其拿在手中。箭镞很短，但非常沉重，嵌在几乎察觉不到的铅铸壳里，箭镞是三角尖头，尾部是薄薄的羽毛，是从红色公鸡身上拔下的羽毛。这是一种从空中悄无声息地落下，杀人于无形的非人道武器。

在阅读《解放俄罗斯》这部小说时，瓦金才知道这位将军儿子已经死亡，这之后，以他的名义创作了一首诗歌。前四行诗句他至今仍然非常喜欢：

飞机掠过头顶，如同一只钢铁怪鸟，
涅墨亚雄狮力大，皮毛不能举头顶。
我的死亡在飞翔，尖端沉重并锋利，
机枪在沉默，力气被古老魔法耗尽。

尝试印刷死者这个真诚倾诉并未成功，编辑部要求将第一人称换成第三人称。稍后，为《劳动力量报》这本杂志的安全着想，诗歌被烧毁了。瓦金偶尔试图凭记忆回忆这首诗歌，断断续续想起其中的片段。经过时间的磨砺，整行诗句开始变得模糊不清。随着韵脚一起，它们逐渐成双成对地消失，如同被俘的红军士兵，为了节省弹药，西伯利亚步兵将他们两人背靠背地绑在一起，用一颗子弹结果两个人的性命，然后将尸体沉入卡马河的冰层下面。

八点钟刚过，一位身穿绿色外套、身材苗条的娇小女人走出了剧院。她手里拿着同样绿色的女士手包，手指白皙，上面的指甲就像葡萄一般。她的双手非常洁白，与没有施粉的黝黑面孔形成了奇怪反差，步履矫健——就像一只眼神悲伤、训练有素的猴子。身边跟着一个厚唇黑发男子，身穿柳斯特林布料的考究西装。

“卡扎罗莎同志！”瓦金在马车上招呼了她一声。

她闻声走向前来。

“您是‘世界语’俱乐部的？”

“是的。请上车吧。”

她的同伴也上了马车。他手里拿着一束大丽菊，用带有文字的绸带捆扎着。皱巴巴的绸带在花束上缠绕了三圈，所以，全部文字无法看清。在路上，瓦金终于看清了绸带上写的话语：

献给天仙般美丽的济娜伊达·卡扎罗莎。乌拉尔歌迷敬献。

马车拐上昆古尔大街，只见前方斯帕索-普列奥布拉仁斯基大教堂的后面，一轮落日正高悬在卡马河上空。卡马河在下面静静流淌，从这里只能看见对岸,也就是右岸的茂密森林，郁郁葱葱，以及绵延到远方的地平线。

“去河对岸怎么走呢？”卡扎罗莎问了一句。

“坐船，”瓦金说，“码头上有摆渡船。每次500卢布。”

“您要到对岸干什么，济娜伊达·格奥尔吉耶芙娜？”黑发男子问了一句。

她没有作答。

到了斯特凡军校，佩尔米亚科夫让他们下了马车，然后驾车离开了，他们三个人朝门口走去。斯维奇尼科夫如约站在台阶上等着他们。他挡在门口，一边推挤以达涅维奇为首的三个学生，嘴里一边说：“已经说了——不让你们进，就是不让你们进去！”

“为什么呀？”达涅维奇问道，语气逐渐失去耐心，看来，已经不是第一次发问了。

“走开！”斯维奇尼科夫厉声说道，远远看见了卡扎罗莎。

她介绍了那个随行的男子：

“卡尔卢沙，我的一个歌迷。我们在火车上认识的。”

“我们也是您的歌迷呀，”达涅维奇赶紧表白，“可是不让我们进去。”

与此同时，他闪身让开门口，让两个身穿同样绿色衬衫的姑娘过去。

“Бонан весперон，（世界语，意为晚上好——译者注）晚上好！”她们两人一起叽叽喳喳地说了一句，凭着这句世界语密码，畅通无阻地进了前厅。

让卡扎罗莎、卡尔卢沙以及瓦金进去之后，斯维奇尼科夫在达涅维奇面前砰的一声关上大门，随即插上了门闩。

“这些年轻人做错什么事情了？”在楼梯上，卡扎罗莎问道。

“伊多语者，”斯维奇尼科夫说道，“您的熟人没对您说起他们？”

“哪个熟人？”

“学习世界语的那个熟人。”

“没有。”她低声回答，因为他们已经进了大厅。

在门口，缠着绑腿的一条大腿肆无忌惮地伸展出来，挡在通道上，椅子上懒散地歪躺着一个“3·18”步兵训练班的学员，看样子是喝多了。他嘴里散发出让人作呕的自酿白酒气味。演唱会尚未开始，他已经打起了瞌睡，张开的嘴里流着口水。跨过他的腿，瓦金觉得这个学员的面容似乎有些熟悉。

他写诗的时候，头脑中一般是首先产生节奏，然后基于节奏再涌现出诗词，现在就是这种感觉——他感觉到了某种记忆的节奏在自己身上复活了，然而，诗词暂时还没有涌现出来。

舞台上孤零零地站着军医西科尔斯基，他经常到斯维奇尼科夫的编辑部来。他们之间的关系是尊敬有加，但热情不足。斯维奇尼科夫评价自己这个启蒙者时，认为他在自己的心里燃起未来的第一簇火花，不过，未能使他的世界观有所突破。像大多数老派的世界语者一样，西科尔斯基仍然是个小资产阶级和平主义者。斯维奇尼科夫以学生的谦卑谈论他，勇敢地超越了一个家庭教师给他打开的视野。

“想象一下，”他说道，“假设1914年欧洲国家的民主拥有一个国际通用的单一语言，那么一个国家的民主会与另一个国家的民主发生战争吗？比如英国民主反对德国民主？俄罗斯民主对抗奥地利民主？这种情形的概率大致等于卡卢加省可能依照省长昏聩的命令与图拉省发生战争……”

西科尔斯基的左边是一架黑色钢琴，琴盖上刻画着污言秽语，其中混杂着波罗的海舰队巡洋舰和驱逐舰的骄傲名称——这是水兵团驻扎军校期间的纪念，直至最后一个水兵在瑟尔瓦河上被西伯利亚步兵射杀。舞台幕布拉开着，褶皱上别着生菜色的纸五角星，显出年久发黄的颜色。舞台背景装饰着一张令人匪夷所思的宣传画：一只从手腕处整齐切断的手，看不出性别，光滑惨白，就像一只死人之手。四个手指微微弯曲，仿佛抓握着某个圆形东西，而第五根手指，也就是食指，长度非常夸张，也比其他手指更加粗壮，微微弯曲着伸向前方。指甲的尖端，以及指骨弯曲处的上方和下方，写着拉丁字母，从侧面看——用世界语写的四行诗。这是一首什么诗？瓦金根据结尾就猜出来了。

剧场里前十排观众坐得较满。再往后，大约到第三个窗户的位置，观众或单独一个人或一对对情侣相拥一起散坐着。奥西波夫坐在倒数第二排，最后一排是一个学员。他身后则摆放着几排椅子。

斯维奇尼科夫领着卡扎罗莎来到观众席，有着厚厚嘴唇的卡尔卢沙紧跟在他们身后，三个人坐在了第四排中间，那里刚好有空座位，瓦金则坐在了奥西波夫身旁。

“看见舞台上的宣传画了吗？”奥西波夫问道。

“举着手指那个，是吧？”

“手指上方没有任何东西。你知道这代表什么吗？”

“我怎么知道？我也不懂世界语。”

“我也不懂嘛，西科尔斯基告诉我其中的奥秘了。这其实是一种日历，柴门霍夫自己独创的。借助自己的手指就可以确定，任意一个月的任意一天是星期几。第一个指骨起始部位的字母A对应星期一，接下来按照顺时针方向对应即可。而这首诗——就是解读的钥匙。诗里总共有12个单词，每个单词对应其中的某个月份。”

“这是一首什么诗呢？”

“里面我就认识一个单词——диа。”

“上帝？”

奥西波夫点了点头，眼睛一直看着斯维奇尼科夫。后者已经坐在了西科尔斯基的座位上。

“同志们，现在一切都在改变，作为世界语的传承人，我和你们也都已经改变了。”像一个经验丰富的演讲者，斯维奇尼科夫装腔作势，一副和蔼可亲的样子，知道应该如何调动听众的情绪，直到听众不再仔细打量他，并且开始倾听他的演讲。

“世界语也跟着我们一起正在发生改变，它跟以前完全不同了。在这些英勇无畏的日子里，”斯维奇尼科夫的声音开始升高，变得更加铿锵有力，“世界语不是饱食终日的知识分子们的开心玩偶，不是困倦慵懒的贵族老爷们的取乐之物，不是寂寞无聊的贵族小姐们用以调情、游戏、玩字谜以及募捐演出的消遣对象，不是浪漫艺术家们厌倦空虚生活的精神可卡因，不是被沉重劳动压抑的工人们在其中寻找放松的出口，就如同有些人在伏特加或放荡不羁中寻求解脱一样……”

“在神学辩论中一般不会出现否定式论证。”奥西波夫狡黠地笑了笑。

“什么论证？什么论证？”瓦金没听明白。

“否定式论证。即通过否定来下定义：不是……不是……”

“在我们战斗的日子里，它已经成为无产阶级劳动者手中的强大武器。”最后，斯维奇尼科夫为了说明世界语实际上究竟是什么样子，就用世界语一字一句地说出了几个句子。

那个醉酒学员费力地抬起头，嘶哑着嗓子嚷道：

“你这是说的哪国话？反动的家伙！”

有人朝他发出嘘声，于是，他又闭上了眼睛。如果在别的俱乐部，这种自私之人早就被开除了，但显然，没有人来从事推广世界语这个伟大事业，所以，即使醉汉和残疾人也受到欢迎。

“我们，”斯维奇尼科夫显得情绪激昂，“经常受到指责，认为我们创造的这种语言缺乏生命力。可是，作为马克思主义者，我们可以接受这种指责吗？不，不能，因为马克思主义不仅允许革命暴力，而且也承认，革命暴力非常必要。难道渐进性和自然性——这是最高尚的，是马克思主义的？难道社会主义革命不是有意识地去干涉生命的自然进程？难道野生苹果树的可怜果实不比果园专家培育的苹果更加美味可口？所以，从自然语言中吸收最优秀成果的世界语，怎么还会更糟糕呢？”

没有灯罩的灯泡发出淡黄色光芒，与夏日晚上天宇间的微白色天光融合在一起。剧场里可以感觉到一股白天般的闷热。离舞台最远的一扇窗户敞开着，它距离瓦金最近，伴随着丝丝凉爽，从远处飘来一股腐烂味。卡马河的河水现在尚未猛烈上涨，但有些地方已经冲刷出了污水坑。

在这股气味里，还掺杂着某种挥之不去的难闻味道。有这种味道毫不奇怪。在那些排水设施陈旧的建筑物里，管道堵塞两年多，鼠疫过后十室九空，淘粪工及时出现，他们随身带着金黄色的硕大粪桶，这些人需要定期预防传染病。就像奶奶称呼两个敌对阵营的代表那样，这里的“布尔什维克”和“高尔察克”，跟普通鼠疫与腺鼠疫一样，区别不大。

“……在亚历山大·马其顿大帝时期，甚至更早一些，有关巴别塔的著名传说就一直流传……”

这是瓦连金在讲话。瓦金在大学时就认识他，瓦连金在这所学校教授英语。斯维奇尼科夫回到台下座位，再次坐在卡扎罗莎身边。

“有很多先进思想家，他们早就将语言的划分视为上帝对人类的诅咒，并且让其在接连不断的战争中自我毁灭。”瓦连金继续说道，语调非常丰富，这种语调可以将犹太知识分子与其永恒的渴望区分开，这种渴望就是要满足所有人，同时让所有人都相信自己是正确的。“国家就类似于封闭在一个个细胞中的生物体。这些个体细胞，便是不同的语言。开启这些细胞的钥匙掌握在那些自命不凡和自私自利的看守者手中，他们自诩为国家领导人。他们仍然很强大，但终结他们的时钟已经敲响，今后，任何细胞中的每个居民都可以自主脱壳而出。不仅如此，他还可以将所有的有意者从其他细胞中释放出来。Ниа Майстро（世界语，意为我们的导师——译者注）的伟大就在于，他为我们每个人提供了一把通向自由和兄弟情谊的万能钥匙。这把钥匙……”

瓦连金的话语戛然而止，流露出意味深长的表情。这时，开始传来门口那个醉酒学员的响亮鼾声，喉咙里还断断续续发出呜呜的声音。

演讲一直在停顿，就在这时，后面猛然传来一声窗框碰撞的声音。瓦金转头朝后面一看——只见达涅维奇站在窗台上。看来，他是从墙外的消防逃生楼梯进来的，那个逃生楼梯刚好挨着这个窗户。他悄无声息地跳到地上，然后躲在酣睡的学员身后，随即从前排溜向后面，并坐在了物理系学生彼佳·波波夫身旁。

瓦金是在冬天认识他的，当时斯维奇尼科夫硬拉他参加一个家庭聚会。“世界语”俱乐部的成员共同为几位年轻女士组织这次聚会，据说，她们同情世界语运动，并希望尽可能多地了解世界语。在餐桌上，大家都讲俄语，只是偶尔聚会组织者中有人用世界语笨拙地说出一个单词或句子。有时，在世界语的发音中可以听到类似铜金属的响声，不过，这种声音并非铃铛般悦耳，而是茶炊般沉闷，就如同药剂师说的拉丁语那样。

大家喝茶聊天，女士们喜欢品尝甜菜和鲱鱼做的凉拌菜。波波夫用火柴棒给大家表演数学小戏法。窗外远处，隐约可见一座水塔，塔顶已被毁坏，从“佩佩利亚耶夫将军号”装甲车上射出的一颗76毫米机关炮弹，直接将其命中。餐间交谈的话题转向了巴别塔。西科尔斯基说，需要重新建造这座塔，不是用石头和黏土，而是用希望和理性，即更加坚固的建筑材料。如果拥有一种国际性语言，那么，这项任务完全可以完成。

房子的主人打开留声机，随即响起了探戈的旋律，旋律本身有些忧郁，不过，唱片本身发出的“咝咝”声听上去却让人产生某种冲动。伴随着缓慢的靡靡音乐，世界语者们给在场的女士讲解着世界语，对她们喁喁耳语。女孩们显得眉飞色舞，这表明，“世界语”俱乐部很快会补充新成员。眼前这些就如同一个笑话里的情形：“你是否知道，女布尔什维克与不是女布尔什维克的区别在哪儿？”“不知道。”“女布尔什维克的丈夫是布尔什维克，而不是女布尔什维克的丈夫——不是布尔什维克。”

瓦金未能引起女士的特别关注。虽然展示自己的机会就在眼前，可是西科尔斯基坐到他身边，开始给大家讲故事：中国的一个皇帝颁布严格命令，禁止四十岁以下的中国妇女离开中国地界，甚至不允许在距离俄罗斯边境30俄里以内的地方定居。这是一个聪明的预防措施：一旦爱上一个陌生人，她们就会接受他的信仰，并开始狂热地宣传，这极易动摇中央帝国的根基。西科尔斯基曾经在外贝加尔服役，他到过蒙古，也到过边境另一侧的恰克图和库伦，所以，他确信那里没有年轻女人，那里的中国商人和男孩们一起生活。他们走进一个房子里，只见到处都是破布、骆驼皮革，这些破布和骆驼皮革被缝制起来，用于装运白毫茶和装运包裹茶砖的干棕榈叶。屋顶悬挂着彩色纸灯笼，他看见了几个脸蛋胖乎乎的男孩子，他们瞪着毫无表情的眼睛，呆滞地看着这些来自北方的陌生人，这些陌生人身上带着左轮手枪和佩剑。尘土飞扬的街道上，出现了几百个哥萨克军人。草原一望无际，光秃秃的山丘高低起伏，毫无生气。风沙吹在嘴上，发出沙沙的响声，一个月的时间内，西科尔斯基骑着摩托车不停地颠簸，脚上的皮凉鞋都穿坏了。大汗狭小的城镇位于距离边境30俄里的地带，这里禁止女人定居。没有女人，就可以保护城镇免受敌人影响，这比城墙更加牢固可靠。

瓦金看着这些世界语者，看着信任地依偎在他们身边的执委会的女士们。紧靠着火热的荷兰式壁炉的窗玻璃上，厚厚的霜花融化了。暴风雪中，隐约可见红褐色的无顶水塔矗立在那里，人字梁的残骸立在原处，扯断的瓦垄铁一条条地悬在空中。看来，重建这座希望与理性之塔是绝无可能了。

剧场里有人失去了耐心，提醒讲话人接上刚才中断的话头：

“说呀，这把钥匙……”

“这把钥匙，”瓦连金重复道，“就是中性辅助语言——世界语。掌握这种语言的人已经不是俄罗斯人，不是犹太人，不是法国人或英国人，不是被剥夺权利的祖鲁人或者沃佳克人，而是整个人类大家庭的成员——гомарано，这是我们的导师用世界语对这类人的称呼。”

第四章 石膏手主人

1

前往宾馆的路上，斯维奇尼科夫试图回想起任何一点有关世界语的内容。他脑海里浮现出十余个单词，但它们无法组成一个意义完整的短句，更为离奇的是，记忆中残留的一个成对韵脚四行诗节，现在几乎不知其意了。正是借着其帮助，可以确定自1901年以来的日历，即可以确定某年某月某日是星期几。手指则用作辅助工具。

在稀稀落落的掌声中，瓦连金从舞台回到下面的座位上，眼神中透着伤感，斯维奇尼科夫站起身，果断走上舞台，伸手撕下那张手指宣传画，随即将其卷成一卷，然后回到了座位上。刚坐下，愤怒的嘟囔声就从瓦连金一队人所坐的地方响起。

“您对这张画有什么不满吗？”卡扎罗莎问道。

“诗句。纯粹的世界主义，而且来自右翼。”

“不对！是左翼！”听到斯维奇尼科夫的话，伊达·拉扎列芙娜喊了起来。

“算啦，伊多奇卡（伊达的昵称——译者注），反正你什么都不能向他证明。”瓦连金试图说服她。

由于斯维奇尼科夫的出现，伊达·拉扎列芙娜与瓦连金之间的短暂恋情无果而终。她对他倾注了传教士般的热情，就像西科尔斯基所说，伊达·拉扎列芙娜总是滥情。她被这个新来者所吸引，就像贵妇人迷恋上一个男孩。

“根据俱乐部章程，”斯维奇尼科夫指出，“任何宣传品都要经过董事会成员表决，需要多数成员同意。这张宣传画并未经过正常程序。你们利用日历上的缺点，以便将自己小团体的思想强行灌输给广大群众。”

“真是胡说！你把全人类的思想称作小团体思想？”伊达·拉扎列芙娜显得怒不可遏。

斯维奇尼科夫没有吱声。

“您跟这个红头发的女人有恋情？”卡扎罗莎问道。

“您根据什么这么说？”

“我能看出来。女人只是对自己的男人才会这么发怒。可别惹她，她身上有种猫一样的东西。猫——这可是危险的小野兽哩。”

“我不喜欢猫。”

“猫咪您也不喜欢？”

“猫咪还凑合。”

“很小的时候，我就去了寄宿学校，他们问我，长大后想做什么。其他女孩争先恐后地表态，有的想成为好妈妈和好妻子，有的打算在学校教书，有的准备加入军队当护士，可是，妈妈让我诚实地回答所有问题。好吧，我就诚实地回答说，我想成为一只小猫。因为我已经8岁了，却还是个小傻瓜！”

她没再说话，听着西科尔斯基宣布演唱会的第一个节目：

“赫列布托夫斯基诗歌选段《不能忘却的一年》，朗诵者——塔玛拉·布瑟吉娜。”

一个体态丰盈、留着短发的女孩坐在钢琴前，奏起激昂的和弦，由于琴声过于激昂，别在幕布上的纸星星随之微微颤动。伴着琴声，女孩拖长声调，开始了朗诵：

逝去的几个世纪，存有燃烧的日期，

腐烂无法撕咬它们。

毫无意义的岁月，就像士兵一样，
被压抑在灰色囚笼中。

逝去的无聊数十载，
苦闷般地沙沙流逝，
我们的孩子啊，
将庆祝1887年。

连同1917年和1871年，
这些特殊的年份，
让它们刺痛你的神经！

卡尔卢沙坐在卡扎罗莎的左边，压低声音对她说：

“我觉得，您可能不太清楚这个日期的含义。1871年成立了巴黎公社。”

这时，舞台上那位朗诵者的左脚用力往下一踏，钢琴随即发出沉闷的响声，宣告朗诵即将结束。在重复了两个滑奏之后，声音随之再次响彻剧场大厅：

请记住吧，
眉头紧蹙的智者和滑稽可笑的公子哥，

就在今年，

世界语必将响彻全世界！

卡扎罗莎悄悄地笑了。

“您觉得这可笑？”斯维奇尼科夫问道。

“不是，我也很想扮演这个可笑演员的角色。”

他能嗅到她头发的幽香气味，同时，看到了她一只小巧耳朵的耳垂，上面有耳洞，但没戴耳环。耳环被她卖掉了，也可能换了食品。他想象着，她用纤细的手指端着一碗面糊，里面仅有八分之一俄磅，这是定量口粮。他心里不禁一动，像被猫爪轻轻抓挠了一下。他们并肩而坐，斯维奇尼科夫的肩膀僵硬，触碰着卡扎罗莎上衣的衣肩。

“喏，那儿，在后面，”她低声说，“坐着一个人。我以前在什么地方见过他。”

他转过身，看见达涅维奇坐在倒数第二排，一副傲慢放肆的神态。他的旁边坐着波波夫，他也是一名学生，是本市三个涅波语者中的领头者，他们前不久刚与伊多语联合。在与达涅维奇和波波夫的斗争中，瓦连金一派充当了二人的盟友，他们认为，与这两派代表人物断绝关系在战术上为时尚早。

斯维奇尼科夫打算把这些分裂分子从剧场赶出去，但没来得及——邻座的人转交给他一张西科尔斯基写的纸条，上面写道："下个节目由卡扎罗莎演出，让她做好准备。"

他们两人来到窗户旁边的过道，斯维奇尼科夫张嘴骂了一句，原来一只脚被地上的电线绊住了。这根电线一头连在剧场尽头的一个电闸上，另一头延伸到第二个窗口旁边由三把椅子堆叠成金字塔形的基座上，瓦连金在上面放置了一个魔影灯。

"营造灯光效果，"在给感光板充电的同时，他向卡扎罗莎解释，"根据您的艺名而选择灯光颜色。"

"Бадилоно，Бадилоно！"（世界语，意为巴比伦，巴比伦——译者注）她用世界语轻声地说。

"Алта диа доно！"（世界语，意为神奇的功绩——译者注）瓦连金用同样的语调说道。

舞台上，来自"蚁穴"寄宿学校的两个女孩和两个男孩正在表演，只见他们操练步法，骑在木棍上佯装骑马，转圈，蹲跑，独出心裁地蹦跳，他们都是伊达·拉扎列芙娜培训出来的学生。缝在衣服后背上的字样说明，两个男孩装扮成德国人和英国人，而两个女孩——一个俄罗斯人和一个法国人。较小的国家用彩纸来象征，它们被穿在线上，如同圣诞树上装饰的旗带，从舞台一端悬到另一端。

孩子们动作轻盈，步法灵活，然而，四个孩子的上半身如同香槟软木塞，被塞在铁丝笼子里。伴随着激昂震耳的钢琴声，他们兴高采烈地相向奔跑，彼此拥抱，满怀希望地想从铁丝网中伸出双手，随即在绝望中又缩了回来。铁丝编织的牢笼似乎无法冲破。他们的身体无法相互靠近。这时出现一个男孩，手里拿着一把木刀，刀柄上醒目地用绿色写着一个神奇的词汇esperanto（世界语，意为世界语——译者注），但是这个男孩并没有将象征监狱的铁丝笼子砍碎。演唱会的节目中，更多表演的是哑剧，目的是没有语言障碍。

“真是奇怪，我怎么会在这里？”卡扎罗莎低声说。

被解放的国家，手牵着手，围绕着这个卷发男孩跳着轮舞，这个男孩应当代表无产阶级，但其外表却并不相像。他庄重地向这些昔日囚犯表示祝福，庆贺他们获得崭新快乐的生活，用手中的魔法战刀依次轻拍他们的肩膀。又有一个孩子，快乐地飞翔着，挥舞着由两只胳膊变成的翅膀，伴着《黑海进行曲》的音乐，就像一只破茧而出的蝴蝶，翩翩飞到侧幕之后。随后，伊达·拉扎列芙娜出现在舞台上，开始从地板上捡拾起木偶人的碎片。看着这些，让人心里产生一种莫名的伤感。

“拉上窗帘！”瓦连金喊了一句。

很高兴有机会伸展一下身体，一些人迅速冲到窗户跟前，有人关掉了灯。大厅瞬间变得一片漆黑，在最初的半分钟之内，大家的眼睛还无法适应这种黑暗。卡扎罗莎就站在旁边，斯维奇尼科夫感觉得到，她有些激动不安，因为她头发散发出来的淡淡味道越来越浓郁。

现在，他既看不到她脸上的皱纹，也看不到她脖子上那些未被衬衫领子完全遮住的棕色斑点。她又变成了当年在彼得格勒时的样子。那时她住在潘捷列莫诺夫大街，经常参加演出。剧院条件简陋，盐城滑稽剧院的小剧场里甚至没有取暖设施，观众也随心所欲，有的观众甚至在剧场里吸烟。斯维奇尼科夫坐在第一排，他将装有毛瑟手枪的盒子从大腿后面挪到腹部，这支枪是从一个被打死的士官生身上摘取的，他来自加特契纳的“死神营”。而在斯维奇尼科夫面前，在背景是西班牙小酒馆的舞台上，一个赤脚的娇小女人——安达卢西亚女演员，身穿一件下摆已经破碎成一缕缕的粗麻布外衣，手里拿着茨冈手鼓，边唱边跳。那天表演的是洛佩·德·维加的歌剧《温顺之源》，但是斯维奇尼科夫丝毫没有记住歌剧的内容，他的脑海里全都是这个有天堂鸟之声的赤脚舞者。

演出结束后，斯维奇尼科夫来到后台，找到她，并邀请她明天前往他所在团的军营，为即将开赴东方战场的红军士兵演出。看着他的毛瑟枪，她同意了。于是，第二天他第一次听到这些让人喉咙发紧，眼含泪水的儿童歌曲：它们歌唱惧怕老鼠的爱丽丝，歌唱跛脚的燕子，歌唱海湾边的粉红房子。演出结束后，他撵走她的其他崇拜者，亲自送她回家。电车没有了，他们只能步行。斯维奇尼科夫尽量走得慢些，而她迈着纤细的小腿，快速跟随，没有落后，甚至有时当他无意间加快一点步伐，她也能跟上他的节奏。他们不时踩踏路上的积水，他的靴子上溅满了泥水，而她的黄色皮鞋依然干干净净。走在泥泞的路面上，她竟然能不溅起一点泥水。

他问道："您的姓氏是怎么来的？您是俄罗斯人？"

她解释说，这是艺名：卡扎——西班牙语意为"房子"，罗莎——意为"玫瑰色的"。

"玫瑰色的房子。"斯维奇尼科夫将词的两个意义结合起来。

"更准确地说——小房子，如果考虑到我的身材。有人开始这样称呼我，于是就传开了。"

黑暗中，卡扎罗莎摸索着拉到他的手，将自己手包的挎带放在了他的手里。

"拿着，我现在还要唱歌。"

他们两人的手没有分开，直至斯维奇尼科夫听到自己一直等待的声音：

"我会记得您的。您邀请我在军营演出，然后还把我送回家。"

"军营，军人的营房。"他说，虽然看不见，但是根据呼吸声，他可以感觉到，她在笑。

电门的闸杆噼啪响了一声。经过感光板，灯光从白色变为红色。瓦连金细心地调整了一下透镜，红光减弱，显得不太刺眼了。朦胧的玫瑰光束，经过舞台和穹顶的上方，散射在雕饰着花纹的顶棚上。

“济娜伊达……卡扎罗莎！”西科尔斯基拉长声音在报幕，“抒情诗《梦》……作曲——巴拉基列夫，诗作者——莱蒙托夫……翻译——西科尔斯基。”

体态肥胖的布瑟吉娜已经坐在钢琴前，在谱架上整理着年久陈旧的零散乐谱。

斯维奇尼科夫贴近瓦连金的耳边，问道：

“这是从哪儿来的？Бадилоно, Бадилоно...”（世界语，意为巴比伦，巴比伦——译者注）

“摘自佩切涅格-盖多夫斯基的《巴别塔之诗》。”

“是他的吗？”

“是的，他写诗，也写散文。是个多产作家……哎，您认真读过他的东西吗？”

瓦连金指的是长篇小说《命运之手，抑或绿色人之死！》。

“当然，”斯维奇尼科夫肯定道，“是我推荐西科尔斯基翻译的。”

“您用世界语读过？”

“是的。”

“都明白吗？”

“有什么不明白的吗？”

“就您的世界语水平，内容有些难懂啊。俄语译本您读过吗？”

“浏览过。”

“没发现什么吗？”

“没有。怎么了？”

“西科尔斯基在翻译中做了很大改动，其中可以感觉到作者对世界语反对者隐含着同情。对他们的动机描写得很有说服力，让人感到他们竟然也具有其道理呢。可要知道，他们是杀人犯呐！在原文中”，瓦连金最后说，“类似内容根本就不存在。”

卡扎罗莎在掌声中登上舞台。她那灰白头发在灯光下熠熠发亮，突然间，灯光灭了，随即又亮了，时暗时明，断断续续。显然，电源插头和插座接触不好。

瓦连金顺着电线寻找电源插座，而斯维奇尼科夫回到自己在第四排的座位上，落座之前，将一只手重重地放在卡尔卢沙的肩上。

“演唱会结束后，你就不要陪送她了。明白吗？”

灯光停止了闪烁。卡扎罗莎微微闭上眼睛，低垂着头，以便随着第一个和弦抬起来：

Эн вало Дагестано дум вармхоро

СЕНМОВА КУШИС МИ КУН БРУСТА ВУНДО...

也许，她并不清楚每个孤立单词的含义，但她知道，所有的单词连在一起，能猜到唱的是什么：

在达吉斯坦山谷的正午炎热中，

胸中铅弹，我一动不动地躺着……

她的美妙声音听上去悦耳温柔，斯维奇尼科夫似乎看见了卡马河岸的森林洼地：一年前，他自己就躺在那里，胸中铅弹，一动不动。她深情款款地演唱，仿佛想起了自己去年的境遇。她终于明白了，为什么她梦见长满柳兰和肺草的这个洼地，梦见夜雨洗刷一新的土壤，梦见某人军服上沾满的斑斑血迹。

“啊……啊……”剧场内突然响起惊叫声，“反动……分子！你妈的！……”

砰的一声枪声，震耳欲聋。

女人尖叫起来。喊叫声、跺脚声、骂人声、椅子摔落的碰撞声——伴随着这些声音，又传来“啪啪”两声枪响。斯维奇尼科夫的脸颊不由得抽搐了一下，似乎其中一颗子弹擦面飞过。不知什么人的脚绊到了电线，玫瑰色的光线瞬间消失了。有人接上了电源，只见第一排座椅与舞台之间的空地上挤满了人。斯维奇尼科夫挥动双臂，在人群中拼命朝前挤去，挤到舞台跟前一看，他惊呆了。

她仰面倒地，即使死去，依然温婉优雅。她身体娇小羸弱，导致生命瞬间消失，香消玉殒，没有留下任何痕迹。上衣里面的衬衫很快浸透了鲜血，领口处的浅色珠母纽扣，以前没有注意，这时在黑暗中显得愈加清晰醒目。

2

回到家里，瓦金走进自己房间。像往常一样，房间昨天晚上就打扫整理过了，纤尘不染，书籍和报纸摆放得整整齐齐。儿媳一生都虔诚地服务于一位神祇——房间的整洁。她如同雅各宾式地无上崇拜这位神祇，而这位冰冷的神祇要求她每天都付出牺牲，瓦金可做不到这一点。娜佳习惯于另外一种生活。最近一段时间，一个念头让瓦金寝食难安，备受煎熬：即使他死那天，冲刷洗涮可能也要按规矩进行，丝毫不能马虎。

他开始懊恼地翻动着，寻找自己需要的那份报纸。儿媳总是记不住，这份报纸应该永远放在醒目之处。退休前的最后几年，瓦金在厂报工作，直至现在，每出新一期厂报，都有人给他寄到家里。这让他深感自豪，而这种自豪儿子和儿媳根本无法体味。

突然，一辆汽车的排气管撞向窗户，发出咔嚓一声巨响。

开了几枪，是三枪还是四枪，瓦金后来已经记不起来了。在狭小的空间里，第一声枪响就震得耳朵嗡嗡直响。有些人本能地扑倒在地，而瓦金跳了起来，结果他发现，身边的奥西波夫不知为何不见了。

灯亮了。门砰的一声打开了，楼梯上传来一阵急促的脚步声。十几个男人挤在门口，随即冲出剧场，剩下的人则冲向舞台。在女人的尖叫声中，传来瓦连金歇斯底里的假嗓音：

“俱乐部的成员们，请不要离开！我们应该做个证！”

男人们扑到那个学员身上，卡尔卢沙熟练地从他手中夺下左轮手枪。瓦金看见散落一地、被人践踏的大丽花，缠绕花束的绸带上留下了一个脏乎乎的鞋印，绸带上的字迹依稀可见：献给天仙般美丽的济娜伊达·卡扎罗莎……

斯维奇尼科夫推开舞台上的椅子，跑下舞台。他用肘部朝这个学员的嘴上猛力一击，左胳膊用力夹住他低垂的上半身，举起右手，打算狠狠地揍他一顿，可是，胳膊肘却打到了站在旁边的瓦金。瓦金的身体随即往下倾倒，这时他本能地抓住了斯维奇尼科夫手腕上悬挂的女士手包，手包上的铆钉立刻蹦脱了，瓦金和手包一起飞撞到墙上。纤细的包带落到地上，掉在一个男人的脚边，只见这个男人身形肥硕，穿一件已经发白的皮夹克。

“卡拉瓦耶夫，省肃反委员会的。”后面有人礼貌地说。

那个学员蹲在地上，张着血淋淋的嘴巴呜呜地叫唤。卡尔卢沙用左轮手枪的枪口戳着他的耳朵。

“站起来！听见没有！”

他站起身来，这时瓦金想起来了，自己以前在哪儿看见过他。一个小时前浮现在脑海中的节律，现在终于和上了诗词：

我的五连发步枪总是跟随着我，

那是我的心爱女人……

前天，瓦金和斯维奇尼科夫一起出席“3·18”步兵训练班首届学员毕业列队表演，毕业恰巧赶上城市解放一周年纪念日。瓦金看护克洛布斯和四轮马车，而斯维奇尼科夫在学员面前作了讲话：

“同志们！学员朋友们！后天那个光荣的日子将满一年，在炮火的轰鸣声和机枪的嗒嗒声中，高尔察克匪帮逃离了我们这座城市。后天是整整一周年，白匪、歹徒和恶棍，有知识的和无知识的，他们跟着自己的靠山，灰溜溜地逃跑了。无产阶级革命的铁扫帚把他们抓在铁齿中，将他们从工人和农民的房间里清扫出去。那些傲慢的将军现在哪里呢？佩佩利亚耶夫、济涅维奇、乌科-乌戈韦茨，全都完蛋了！他们就像一股烟雾，就像黎明的迷雾一般烟消雾散了……”

84名首届学员沿着白石灰划出的白线排成队列。168只矮勒皮鞋的圆形鞋尖紧贴着鞋尖前的白色标志线，头上斜戴缀着五角星的船形帽。

“但是，敌人还没有被击垮！”斯维奇尼科夫提高了声音，“还有匪首谢苗诺夫，他就像一只野狼，在外贝加尔的草原上徘徊游荡，幻想着撕咬住年轻苏维埃共和国的喉咙。现在，在波兰地主和贵族的统治下，乌克兰和白俄罗斯正在受尽煎熬，痛苦呻吟，弗兰格尔在神圣的克里米亚高举刺刀，露出狰狞的尖牙利齿……”

然后，学员们一排接着一排，以分列式形式从红旗旁边通过。六月的阳光照在管弦乐队的铜钹和铜号上，使其熠熠生辉，映射出耀眼的光芒。周围屋顶上的男孩们激动异常地倾听着他们梦想中的雄壮音乐。鞋底齐刷刷踩踏着地上的温热灰尘，伴随着清晰明快的脚步，学员们的脸颊发出有节奏的颤动。两手松开，手掌一动不动紧贴大腿，队列依次靠近低垂的写有“第三国际”字样的鲜红军旗。娜佳一直相信，这个威严的词语源自“利益”和“国家”，是这两个词的缩写，而且是爱国主义的同义词。

休息时，学员们分散开来，三五成群地抽烟闲聊。斯维奇尼科夫随意在休息的人群中溜达，顺便邀请他们参加在“世界语”俱乐部举行的演唱会。大家冷淡地听着，然后又开始闲谈起来。旁边有人弹起吉他，并且唱道：

我的五连发步枪总是跟随着我，
那是我的心爱女人。
她是个美女，一个骗子，
她奇怪的腰身纤细……

现在，这个满嘴鲜血的学员被人往剧场出口拖去，后面，卡拉瓦耶夫搀扶着斯维奇尼科夫。手包留在了瓦金那里。没有人向他索要，混乱中大家都忘了这件事。他来到外面，听着逐渐远去的汽车发动机的轰鸣声，从昆古尔街转向修道院街，朝自己的家走去。外面天气温暖，一片寂静，牧羊场那儿的杨树，白天被风吹得杨絮飞扬，到了晚上则变得枝平叶静，安静地伫立在铸铁栅栏的后面，与顶端残破的铁栅栏待在一起。亚历山大一世的双头鹰标志，为其加冕的权杖头，上面有些地方只剩下了鹰爪的碎片。断口早已被磨平，可每到晚上，月光下它们就呈现一片清晰的灰色。断口处的铸铁在月光下闪闪发亮。

对面是拉脱维亚步兵“秦”俱乐部，也就是“战斗”俱乐部。这些步兵已复员，但不允许返回故乡，他们在警察局、铁路警卫队继续服役。那些升迁到领导岗位，或者娶了犹太女人的人，很少现身“秦”俱乐部，其余的人每逢周末便到这里放松心情。有一次，瓦金在他们那里待了整整一个晚上。关于战斗和行军，没有人提及。这些浅色头发、寂寞无聊的年轻人，很难承认他们曾经给所有人带来恐怖。曾经的钢铁师团，现在打牌赌博，齐声唱着忧郁的歌曲：“Сауле риет аиз мэжа...”一个拉脱维亚朋友，情绪激动，好像在说只有在拉脱维亚才能看见的非凡东西，他翻译说：“太阳正在落到森林的后面……”

奶奶在窗帘后面睡着了。瓦金把灯点亮，坐到桌边，将一个绿色的亮漆手包放在面前的桌子上。“女人包里的东西最能说明一个女人。”娜佳说过。卡扎罗莎已经死了，翻动她的东西有些不礼貌，可是这又增加了某种诱惑。瓦金轻轻一按手包上的链锁，只听“啪嗒”一声脆响，包打开了。

劈裂的指甲剐到了手包的丝绸衬里，瓦金不禁一哆嗦，他先从包里拿出一个天鹅形的空香水瓶，然后是同样形状、里面装满香水、散发着薄荷味的瓶子，并将它们并排摆好。接下来，是各种各样的药丸、一个小镜子、一个嵌有一张婴儿照片的银色圆形饰物，照片上的婴儿长着一双细长眼睛，几乎光秃的头上，只有一绺浅色头发，一个用彩色珍珠缝制的钱包，里面几乎空荡荡的，几个发夹，两把梳子——一把齿密，一把齿疏。药丸用来治疗喉咙，梳子用来清理头发。这就是一个歌手的全部随身物品。

主人生前，所有这些都有用处，可现在，这些毫无意义的小东西只能给手拎包徒增一些重量。但是最大的重量来自包里最下面的一卷东西，体积挺大，摸上去软乎乎的，可是用力按一下，里面却硬邦邦的。将其放在桌子上，可以听到石头般的磕碰声，隔着一层黑色天鹅绒，声音显得有些沉闷。

天鹅绒的里面是一张黄色蜡纸，纸的里面是一只石膏做的小巧的人手，更确切地说，是手腕处切断的一只手。似乎，这是某个庄园里的爱神或天使被锯断的手。四个手指微微弯曲，仿佛握着一只看不见的苹果，食指前伸，远离其他手指，就像斯特凡军校舞台上的宣传画一样。

看着这只卡扎罗莎用纸和天鹅绒包裹、随身携带的石膏小手，他的心里涌上一股酸楚的感觉。这只手隐含着某种令人不安的东西，隐隐地刺痛着人的心。

瓦金再次翻动手拎包，在角落里发现了一张旧的戏票，上面盖有模糊的戳记：“‘滑稽剧院’，潘捷列莫诺夫街2号，盐城。”

戏票背面有铅笔字迹，随着时间的流逝，字迹从灰色变成淡蓝色，一看就是女人的圆润笔迹：

我是一个女人，

剖开我的灵魂吧——

它又黑又冷，像寒冰。

掀开我的头骨吧——

大脑已被蠕虫蚕食。

撬开我的肋骨吧——

溃疡的心脏在腐烂。

第五章 妻子

1

隔壁房间里一只喇叭发出低沉的响声，窗外交通信号灯旁，传来汽车制动时的刹车声。斯维奇尼科夫脱下夹克，躺下之前，顺手从皮夹中拿出一张褪色的照片，照片的四边已经磨损，下面印着题词：A. 雅科夫列夫惠存 济娜伊达·卡扎罗莎 1912年。

一群动物围拢在一起，这些动物不仅在空旷的场地上，即使在动物园里也不可能彼此聚在一起，它们中间站着一个面容黝黑的娇小女人，她的手里拎着一个鸟笼。这群动物围着她转来转去。左边是丛林中的动物，其中一只老虎身上骑着一只头戴高顶帽的猕猴；这儿有一只俄罗斯熊，张着血盆大口，爬到木架上，就像阿波罗祭司拉奥孔，被两条巨蛇缠绕，在巨蛇看来，它不是受害者，而是自己的盟友，可以作为致命猛扑时的支撑物；右边来了一群淘气的家畜，指挥它们的是一只手拿哥萨克长矛的猴子，还有布雷姆身边失踪的那个猪鼻子上长着犄角的毛烘烘怪物。

这个女人用戒指拎着一个不大的鸟笼，仿佛夜间在森林里走路，手举着灯笼照路。笼子里有一只天堂鸟，这只鸟发出一种神秘的光芒，它使所有这些动物都无法靠近这个面容黝黑的娇小女人。

省肃反委员会位于神学院大楼里，广场对面是大教堂。二楼一个房间里，斯维奇尼科夫坐在靠墙的椅子上，卡拉瓦耶夫坐在桌子后面，卡尔卢沙坐在窗台上，两扇窗户先前就敞开着。窗户朝向院子，可以听见校园里的苹果树在黑暗中沙沙作响。临到夜里，风几乎停止了。

“斯维奇尼科夫·尼古拉·格里戈里耶维奇，”卡拉瓦耶夫看着面前的文件夹说道，“1892年出生，出生地——加特契纳市。工人家庭。1915年参军，预备役军官学校毕业。1917年加入社会革命党……”

"左翼。"斯维奇尼科夫补充说。

"曾在杜托夫战线作战。1919年加入共产党。自1919年2月起在东部战场服役。曾担任连长和第三集团军第二十九师维堡团参谋长……什么原因复员的？"

"需要展示伤疤吗？"

斯维奇尼科夫开始解上衣领子。

"不需要，"卡尔卢沙说，"到澡堂里您再吹嘘自己的历史吧。"

"你到底是什么人？"

"请不要对他称呼'你'。这是卡尔·纽曼，我们的工作人员，来自彼得格勒。"卡拉瓦耶夫解释说，"总之，这件事与卡扎罗莎公民有什么关系？她不是叫申舍娃·济娜伊达·格奥尔吉耶芙娜吗？"

"没有任何关系。"

"您和她到剧院干什么？"

"是我邀请她，请她在我们俱乐部的演唱会上演出。"

"为什么邀请她？"

"听说她唱歌。"

"在哪里？"

"在彼得格勒。"

"什么时候？"

“前年。”

“说得具体点。”

“11月份。”

卡拉瓦耶夫从文件夹中拿出一张纸，上面用铅笔写着英语题字。

“认识这张纸吗？”

“您怎么会有这个？”斯维奇尼科夫一脸吃惊的样子。

“这不重要。是您写的？”

“是我。”

“您懂英语？”

“不懂。就会抄写字母而已。”

“这是弗里德曼和厄特尔银行的支票，摄政公园，19号，伦敦，”卡拉瓦耶夫大声念道，“您跟伦敦的银行家们有什么交易？”

“这与卡扎罗莎有什么关系吗？”

“请回答问题。您搞清楚自己现在在什么地方。”

“这是世界语者的银行，这里保存着俄罗斯‘世界语’俱乐部以及私人捐赠的存款。第一批进款始于1909年。我们要求返回这笔钱，而银行董事会拒绝了，借口是苏维埃俄国没有独立的世界语运动。”

“存款余额是多少？”

“大约4万金卢布。”

“您怎么知道？”

“从世界代表大会的简报上，简报从莫斯科寄给我们。我们准备向大会主席团寄一封公开信。”

“为什么是银行的地址？”

“信寄往那里——用英语复制的地址。”

委托瓦连金进行翻译。他教授英语，斯维奇尼科夫将这个带有地址的纸条交给了他。不知道为什么，这张纸条到了肃反委员会（契卡）的手里。

“叫阿尔菲里耶夫的这个人没对您说过什么？”纽曼插了一句。

“没有。”

“他还叫托克马科夫、斯特鲁科夫、伊宁。”

“我不清楚。”

“左翼社会革命党人，恐怖组织成员。参与了在基辅针对艾希霍恩的谋杀。”

在乌克兰统领德国军队的艾希霍恩元帅，在凡尔赛协定签字之前就被社会民主党人炸死了，炸弹被放在一个热水瓶里。计划杀掉的还有劳埃德-乔治、克列孟梭总理、威廉皇帝和兴登堡总统——希望以此鼓动全欧洲民众奋起反抗，他们已经被这场战争折磨得痛苦不堪，然而，此举并没有得到巴黎、柏林和伦敦等地的响应，最终，仅是米尔巴赫在莫斯科以及艾希霍恩在基辅被杀身亡而已。

“据我们掌握的信息，”纽曼继续说，“前不久，阿尔菲里耶夫来到乌拉尔，组织地下义勇队。以前他一直喜欢世界语，这个冬天，他经常与这家伦敦银行进行接触，他表面上是为俄罗斯的世界语运动争取资金，但实际上是为了组建义勇队。现在，我们就来梳理一下。您的社会革命党历史——这是第一点，世界语——这是第二点，弗里德曼和厄特尔银行——这是第三点，乌拉尔——这是第四点。根据这四点，就可以逮捕您。是不是巧合之处多了点？”

“一年半之前，我就与社会革命党分手了，”斯维奇尼科夫说，“从那以后，我与他们就没有任何联系。”

“既然这样，您为什么不想如实说明与卡扎罗莎的关系？”

“本来就没有任何关系！”

“阿尔菲里耶夫您也从来没见过吗？”

“没见过。”

“也没听说过？”

“没有。”

“也不知道卡扎罗莎是他的合法妻子？”

一股痛感瞬间痛彻心扉。斯维奇尼科夫从未想过，竟然能这么强烈地嫉妒一个死去之人。

唉，这就是那个人，她从那个人嘴里听到的这首诗：Бадилоно, Бадилоно, алта диа доно（世界语，意为巴比伦，巴比伦，神奇的功绩——译者注），那个人给了她新的名字，就像一个胜利者为征服的城市重新命名一样。

“怎么不说话了？”卡拉瓦耶夫警觉地眯起了眼睛。

“伙计们，请推迟到明天吧，”斯维奇尼科夫请求说，“现在我心里难受，什么也说不了。”

“明白了，”纽曼满意地点了点头，“看来，你们之间还是有关系嘛。”

在去囚室的路上，卡扎罗莎，也就是济诺奇卡·申舍娃（济诺奇卡是济娜伊达的昵称——译者注），为他唱了一首自己喜欢的歌曲，这首歌录在一张经常放送的唱片里：

这个玫瑰色的小房子，
我与你一起住在里面，
我们俩幸福地在一起，
共度我们平静的一生。

这里给予了我们希冀，
护佑着我们远离灾难，

那就是逝去的夏天啊，

逐渐变冷的人间……

警卫士兵转动了半天谷仓门锁，但是没有打开，最后，门锁上的弧形梁自己开了。推开仓门，一股腐臭气扑面而来。谷仓的上座放着一盏灯芯非常细的煤油灯，发着微弱的光亮。地上横七竖八躺着一些人。

“所有的骠骑兵都在睡觉，只有一人没睡，”躺在角落的一个囚犯说道，说完，往士兵跟前挪了挪，“请！”

他是炮弹制造厂的一名绘图员，他的罪名是用煤灰将炮筒车间墙上的一条标语涂抹掉，标语写着：“打倒送来马肉的列宁，送来猪肉的高尔察克万岁！”这条标语在西伯利亚，在乌拉尔随处可见。

当他在介绍这里的伙食时，卡扎罗莎唱了起来：

我记得早晨的咖啡

还有那黄昏的安谧，

夕阳下的火红晚霞

映照在静谧的河上，

浩渺无际的霞光里

那抹亮眼的玫瑰色，

这幢难忘的小房子

里面再也没有了你。

2

许多年之后，在“河畔”宾馆，看着这个被动物包围的女人，斯维奇尼科夫不禁想起，当年，在夜里，他们沿着基罗奇大街散步，他说：“您不用担心，现在一切都这么糟糕，但很快就会好起来。”

“1917年的夏天，我这么想，”她回应说，“我和朋友来到‘阿斯托里亚’酒吧，那里有一个新来的侍者，是来自纽约‘华尔道夫-阿斯托里亚’的一个黑人。好吧，我想，如果一个黑人被赶出纽约，感谢上帝，那么革命已经结束了，现在一切都会好起来。”

次日早晨，押送人员又将他带到了二楼的那个房间。纽曼仍然像个小学生一样坐在窗台上，而卡拉瓦耶夫——坐在桌旁，似乎他们两人不仅整晚没有离开房间，甚至连位置都没有变化。

“您肯定，”纽曼开始了讯问，“您与卡扎罗莎是在1918

年11月份认识的，然后就再也没见过面，是这样吧？”

“是的。”

“也没有通过信？”

“没有。”

“第三天您就来到剧院，邀请卡扎罗莎前往‘世界语’俱乐部演唱。事实上，这是你们彼得格勒见面之后的第一次交谈，是吧？”

“是的。”

“可是，演唱会的海报一个星期之前就已经印制完，上面做了预告，7月1日卡扎罗莎将在斯特凡军校进行演唱。您怎么确信，她不会拒绝呢？”

“我有这种预感。”

“您怎么会有这种预感，因为您知道她丈夫有婚外恋？”

“又来了。我可不知道什么丈夫不丈夫！”

“当时她已经上台演唱了，您对我说，让我不要想在演唱会结束后送她。您是想单独跟她在一起吧？”

“是这么想的。”

“为什么？”

“想把她送到剧场。”

“是想说点重要的事情吧？”

斯维奇尼科夫耸了耸肩，没有回答。

“你们编辑部有一个人，叫维克多·奥西波夫，文学顾问，”卡拉瓦耶夫转了话题，“编辑反对提名他为编辑候选人，而您表示赞成。这是为什么？”

“没有人来领导文学小组。”

“不是因为他也是社会革命党党员吧？”

“这我可是第一次听说。”

“您熟悉他的创作吗？”

“读过一些东西。”

“瞧，这是他的作品。请看看吧。”

卡拉瓦耶夫从文件夹里抽出一张折叠的报纸，展开，递给斯维奇尼科夫，这是一份1919年3月11日的《解放俄罗斯》报。第一版用红色铅笔圈画出一首诗歌，诗歌的名称是《太阳与大海的对话》。下面有作者的名字：В.О-в。

“听说过高尔察克的佩剑吗？”卡拉瓦耶夫颇有兴致地问道。

“没有听过。”

“1917年，革命的黑海水兵命令高尔察克交出武器，他把自己的海军上将佩剑扔进了海里。”

诗的开头部分描写了一幅静谧和煦的黑海画面：海面在阳光下昏昏欲睡，接下来是冗长的四行诗，是对太阳的独白，其中用大量诗句颂扬了太阳对大海的恩赐：它的和煦阳光温暖着海水，让鱼儿、海豚、海龟和海鸟得以生长繁衍，滋养着海藻和珊瑚，培育着贝壳里的珍珠。

“黑海里没有珊瑚和珍珠，”斯维奇尼科夫说道，“我看，海龟也没有。”

“伟大的天才有权蔑视世俗的一切。”纽曼冷笑一下。

斯维奇尼科夫开始继续阅读这首诗。

提醒大海不要忘记自己的贡献，太阳要求应有的回报：

这将是公平的，大海，
如果为此你给予我
那份宝藏，
它藏在你蓝色的海底。

大海立刻懂得在说什么。它的回答彬彬有礼，但坚定刚毅：

我会给予你一切，太阳，
鱼、珊瑚还有珍珠。
我不会给予你的
只有高尔察克上将的佩剑！

“目前还不清楚这是不是奥西波夫写的。”斯维奇尼科夫说。

“就是他，”卡拉瓦耶夫确定地说，“很多右翼社会革命党人与高尔察克同流合污。假设您不知道这些，这里还有另外一个事实。您在步兵训练班首届学员毕业列队表演仪式上讲话，您说的好像就是五角星，它象征五大洲的工人兄弟们，这是我们共产党人从世界语者那里借用而来，只是将绿色重新刷成了红色。您说过吧？

“嗯，说过。”

“为什么撒谎？”

“我没有撒谎。三年前，克雷连科提出的建议，于是列宁接受了。”

“哪个克雷连科？法律人民委员？”

“是的。他曾经是世界语者。”

“这种消息从哪儿来的？”

“我不清楚。大家都知道。”

“大家是谁？仅凭这个宣传就可以给您定为刑事案件，而您仍然与那些贵族保持通信往来。这可不行，您说是吧？”

斯维奇尼科夫心里明白他的意思，于是耐心解释说，“世界语”俱乐部一直与一些国外的“世界语”俱乐部保持通信，他自己就给华沙的“绿星”俱乐部写过信。这封信的内容是呼吁柴门霍夫博士家乡的世界语者，让他们起来反对外国势力对苏维埃俄国进行干涉。

“你们的领导者是谁？”纽曼问道。

“军医西科尔斯基。一个星期之后，将要选举新的董事会主席。”

“候选人是谁？”

“西科尔斯基、瓦连金和我。”

“你们怎么进行通信联络？”

“采取统一形式。没有俱乐部的公章，信件不可以通过邮局寄送。文本一式两份，副本存档。”

“公章上刻的是什么？”

“环形中一颗五角星和世界语铭文。”

“搜查阿尔菲里耶夫在彼得格勒的住宅时，发现了一封带有这种戳记、用世界语写的信件。”纽曼说。

他从窗台跳下来，从卡拉瓦耶夫手中的文件夹里拿出几张褪色打字纸，递给了斯维奇尼科夫。

这些纸上许多地方都是用黑色笔迹画出的小星星。这些小星星表示内容引自柴门霍夫的著作，看来没有这些著作作为支撑，作者就无法继续前行。

“你们俱乐部没有拉丁字母打字机吗？”

“没有。我们一直在寻找。”

“这就怪了……这上面说的是什么？”

“纯粹的理论问题。讨论俄语和波兰语的专有名词译成世界语的规则。”

“不错。”纽曼表示赞同，“在彼得格勒，对我说的正是这件事。”

“对我的住处进行了搜查？”

“例行公事嘛。这可能是密码吧？”

“不见得。”

“这封信没有签名，您不觉得奇怪吗？”

“如果通过俱乐部寄送，就不一定必须签名，有公章就可以了。公章可以证明信中表达的是俱乐部成员的共同意见。”

“公章在谁那里保管？”

“西科尔斯基。”

“存档的副本里有作者名字吗？”

“通常都有。”

“这封信的信封上有‘阿米卡罗’俱乐部的回信地址。您知道这个吗？”

“知道，盲人世界语者彼得格勒俱乐部。”

“从那里信被转寄给阿尔菲里耶夫。阿尔菲里耶夫在彼得格勒曾经组织过一个配乐朗诵小组，他曾经是个演员。遗憾的是，这个俱乐部已经不存在了，所有主要成员没能熬过最近这两个冬天。是谁将这封信转寄给阿尔菲里耶夫，现在无法查证。在彼得格勒，我们的工作人员询问过卡扎罗莎，她说自己对丈夫一无所知，他们早在秋天就分手了。邻居作证说，他没有和她住在一起。我们相信了她说的话，紧接着突然知道，她准备前往乌拉尔进行巡回演出，而这之前，她已经一年多没有在任何地方演出过。巡演团队中没有其他有名的演员，主办方答应当场支付报酬，并免费提供食品。这当然不错，不过，吸引她的并非是大麦米，而应当是这次巡演的路线。”

“您认为，阿尔菲里耶夫就躲藏在我们这个城市里？”斯维奇尼科夫问道。

纽曼从架子上取下一本小册子，将其翻开，找到需要的那页，用手掌遮住上边和下边的文字，特意留出中间一段，然后将其展示给斯维奇尼科夫看。看来，这是审讯机密条例的第7条款。上面写道：“审讯期间，侦查人员应该提出经过周密思考的问题，但绝不允许向被告或嫌疑人透露已经掌握的信息。”

“正如您看到的，我已经说得太多了。”纽曼笑了笑，“您现在知道的跟我们一样多。我相信您所说的一切。再问几个问题，您就可以走了……昨天，您听到几声枪响？”

“三声，好像是。”

“不是四声吧？”

“也可能是四声。这还猜什么呢？您拿起这个步兵指挥班傻家伙的左轮手枪，看看消耗了几颗子弹不就完了嘛。”

“已经查看过了。”

“几枪呢？”

“三枪。这说明这把枪的弹鼓装满了子弹。”

“这是怎么回事呢？两颗没打中，第三颗击中了她。”

“对付抗议活动，一般都是朝上射击，跳弹除外。况且，他拿的是一支普通的图拉左轮手枪，7.62口径。卡扎罗莎是被一颗6.0口径的手枪的子弹击中的。”

纽曼停下不说了，脸上一副自鸣得意的神情。这时，斯维奇尼科夫听到，校园的苹果树上传来啾啾的鸟鸣声。窗户敞开着，鸟儿们早就在那里享受着早晨温暖明媚的阳光，只是之前他并没有听见鸟鸣的声音。

“演唱会进行期间，他……”纽曼朝卡拉瓦耶夫点点头，“站在台阶门廊处。在您之后，没有一个人从外面进入学校，不过有人可以从院子里，通过窗户进去。后窗旁边有一个消防逃生楼梯。”

“达涅维奇爬上来了。”斯维奇尼科夫想起来了。

“他是什么人？”

“历史系学生。曾经是俱乐部的成员，不久前被开除了。我没让他进来，但他还是进来了。”

“有没有您不认识的人？”

“总是会有陌生人。”

“有没有引起您注意的人？”

“您指的是什么呢？”

“我也不知道。或许有什么异常的地方。”

斯维奇尼科夫站起身，站到窗前，面朝校园。鸟儿啁啾，阳光灿烂，一只蝴蝶落在了窗台上。

“为什么要杀死她呢？”他问道，“她妨碍到什么人了吗？”

“如果阿尔菲里耶夫在城里，那就是妨碍到了他。他可能怀疑，我们开始监视她。或许，她知道他藏身在哪里，她可以在无意之中引导我们找到他。”

“于是，他就决定杀死她？”斯维奇尼科夫根本不相信。

“这种人干这种事简直轻而易举。她可能知道他在当地同伙的名字、栖身的地址以及接头暗号。她可以对他进行讹诈。我们不知道他们究竟是什么关系。我只知道一点：为什么她需要前往右岸。昨天她还询问怎么才能渡过卡马河。”

“以前，那里住的都是有别墅的人。”卡拉瓦耶夫想起来了，“成片的松树林，清新的空气，豪华漂亮的别墅！”

“你们两人认识阿尔菲里耶夫吗？”

“我认识，”纽曼回答，“怎么？”

“如果他昨天身在剧场，您应该会发现的。”

“您凭什么认为是他亲手杀死卡扎罗莎？他的手下人完全

可能现身演唱会，我不认识而已。就比如往‘阿米卡罗’俱乐部这个地址给他写信的那个人。当然，他并不打算在演唱会上杀死她，他不过是利用这个机会而已。啪的一声枪响，这时恰巧那个学员开始朝天花板开枪，两声枪响合成一声……您不觉得，卡扎罗莎在观众中认出了什么人？”

“不。”斯维奇尼科夫说。其实，如果如实回答，他应该说“是的”。

“我觉得，她曾经好几次回头去看坐在后排的某个人。您没有发觉，她在寻找什么人？”

“没有。”

“她没对您说什么吗？”

“没有。”斯维奇尼科夫第三次撒谎了。

他心里已经清楚，应该根据什么线索去寻找凶手，他打算亲自找到凶手。至于找到这个凶手后，准备如何处置他，最好先不想。

第六章 惧怕老鼠的爱丽丝

1

瓦金算好了一切：现在斯维奇尼科夫将要在宾馆餐厅吃午饭，然后像一个老人那样午睡一会儿，并且在6点钟之前起床。这时，就可以前往他住的“河畔”宾馆去看他了。

他吃完饭，随手洗了餐具，仔细擦拭干净，并将它们放进柜子里，就像娜佳平时做的那样，尽管儿媳妇要求将餐具放进烘干机烘干。她在什么地方读过相关书籍，说这么做更卫生。

在房间里，瓦金从窗台上将镶在一个破旧皮框内的娜佳的照片拿起来，重新调整摆放位置，避免阳光直射在她的脸上。

这张照片是娜佳生完孩子后不久，他亲自拍照的。娜佳站在院子里，手中端着满是尿布的盆子，在她身后，就像雾霭中的远方地平线，横亘着一条晾衣绳。

早上，响起了敲击窗户的声音——是邻居格尼卡来了。奶奶把一个罐子放在了门前台阶上，里面是积攒了一星期的茶叶渣。格尼卡的母亲依靠邻居们的这种施舍过日子，她的贫困触动了邻居们的善良之心，衣食无忧的人可以不喝茶叶渣以及树叶制成的替代茶。她将这些喝过的茶叶渣与真正的白毫茶混合起来，拿到卡马河岸边的坡地上进行售卖。瓦金从编辑部给她带来用于叠纸袋的报纸。从春天开始，针对投机倒把这类杂货买卖的严厉打击一直没有扩大，已经不再抓捕他们了，有时驱赶他们只是为了维护秩序而已。

该起床了。等了一会儿，格尼卡身后的篱笆小门“砰”的一声关上了，瓦金随即坐起身来，猛然间明白了，昨天究竟为什么这只石膏小手让他深感不安。除了画着手指的宣传画，还有个什么东西与之在一起。

床头地上凌乱地放着几本瓦金睡前读的书籍，这些书里有一本西科尔斯基从世界语翻译过来的佩切涅格-盖多夫斯基的小说《命运之手，抑或绿色人之死！》。这几天，斯维奇尼科夫一直喋喋不休，非得让瓦金读一读这本小说。

现在，他可以轻易找到揭示书名含义的一处地方：安娜，身体半裸，躺在布满血迹的床单上。她已经死了，胸口有匕首刺中的可怕伤口，然而，最可怕的甚至并不在此。瓦金不禁浑身一颤，只见姑娘的右臂上的手没了。这只手被人砍掉了……

如果这本小说不是用世界语所写，它与瓦金在中学读过的大多数类似小说没有什么不同。令人感到怪异的恐惧、不知何时凝结的血迹，这些表面上看像是一部浪漫的爱情小说，事实上里面充斥着近些年来司空见惯的残暴情节。小说中，行人在街上因为脚穿胶皮套鞋而被刺伤，家庭出身良好的两个中学生掐死了遭受他们强奸的小女孩，并且在锅炉房里将其焚尸灭迹；在布尔什维克的反间谍机关，犯人被用自行车链条拼命抽打，去年4月，在大地开化的时候，白匪们在已经被省肃反委员会变成坟场的神学院院内进行挖掘，挖出一些尸体，把尸体掩埋在这里，是想永远忘掉这一切。

女式手包里的东西没有动过，它静静地躺在写字台的抽屉里。抽屉钥匙早就丢失了，但是奶奶并没尝试打开抽屉。瓦金暗示过奶奶，抽屉里的东西是不能触碰的圣物。他喝了一会儿茶，就出门到编辑部去了。

在编辑部里，奥西波夫马上就凑了过来。他非常清醒，丝毫没有醉意，这对他来说不太常见。他是报界老人，在《省机关报》干得不错，不过还是一个普通的采访记者。“只有心之向往的东西，我才认真去写。”奥西波夫说道，如此总结自己不太成功的杂文记者生涯。他的心之向往，是指从基辅大公弗拉基米尔时期开始，逐渐形成的罗斯狂欢。在模仿巴尔科夫并掺杂了唯物主义词汇的诗作中，他歌颂那些欢快的节日酒宴，歌颂年轻少女的美貌和香槟的美妙泡沫，然而，无论那时还是现在，他都甘愿向粗制滥造的家酿酒屈尊俯首。他唯一发表的大型作品，是他自己评价所谓发自心灵的长诗，这首诗歌讲述了一个有痨病的女裁缝，用八行诗体写成，在临近冬至，即全俄与痨病斗争日到来之时，发表在《省机关报》上。

高尔察克当权时期，他有幸进入《解放俄罗斯报》工作，负责《园艺与家禽饲养日志》栏目。但是他被开除，甚至差点被逮捕，据他所说，是因为采用混乱的浆果作物培育标准误导当地官员，尤其是鄂木斯克当局的官员，其中包括海军上将本人。实际上，他的遭遇完全由于其他原因。作为一个对农艺学和家禽业十足的门外汉，根据一份1909年的基辅报纸合订本中的内容，奥西波夫抄写了相关日志，可是，他并未根据乌拉尔地区的气候对嫁接和追肥的日期进行相应修改，于是，愤怒的读者们纷纷来信质问，随后他就被开除了。现在，他领导编辑部的文学小组，借此谋生而已。

“我在昨天的报纸上读了你的诗作，”奥西波夫说，“写得不错，但还可以更好嘛，如果你事先把它交给我们小组成员讨论一下。”

“他们会提出什么建议呢？”瓦金感到很好奇。

“应该更关注细节。一个不准确的细节就会破坏诗歌的整体可信度。”

“你们发现了吗？”

“不止一处哩。”

“有多少？”

“三处。”奥西波夫说着，打开了桌上的报纸。

这是一张昨天出版的报纸，为了庆祝这座城市从高尔察克匪帮手中解放一周年，上面登载了突击队员的回忆文章。事前，斯维奇尼科夫拟定了邀请写作回忆文章的作者名单，并得到省委员会批准，他自告奋勇给文章润色。斯维奇尼科夫用了两周时间做这些人的思想工作，让他们相信自己的文学才能，这些作者总打算放弃写作，斯维奇尼科夫只好不断地鼓励他们，不过，最终还是删除了他们的大部分文章。参谋人员的一篇回忆文章写得很好，其艺术性被视作典范，他自己写的杂忆也追求这种艺术性，放在了其他作品中间。那个特殊时期，在这些回忆文章中，可以感受到那场伟大战役的力量，对于斯维奇尼科夫来说，这场战役是他经历的最后一场。

“6月29日清晨，”他在文章中写道，“白匪军为了阻止我们抵达河东岸，他们来到卡马河，在列夫希诺火车站地区点燃了数十个装有煤油的油罐。熊熊烈焰沿卡马河顺流而下，点燃了船只、木筏以及停靠在码头边的船舶。大火在很短时间内便烧毁了轮船和驳船，大火熊熊燃烧，向城市蔓延，城市上方浓烟滚滚。在那边，装有煤、棉花以及军服的200节车厢也燃起了大火。对他们来说，没有足够的机车，根据济涅维奇将军的命令，机车在采矿工厂的铁路专线上都被烧毁了。那时，我们的先头部队从西北方向冲向卡马河。我们面前是一条燃烧的河流，水里冒着气泡，难闻的暗黑色泡沫被冲到深水区。一团团烟雾笼罩着背风的河左岸，机炮连从那里朝我们发射榴弹。临近半夜时分，我们的炮兵才压制住敌人，迫使他们停止炮击，在这之前，他们没有机会校正射击，炮弹的爆炸声被湮没在稠密的弹幕中。渡河开始了……”

文章的下面，万尼亚·佩尔米亚科夫安排了《布柳赫尔指挥员的故事》，这篇文章是一个同样姓布柳赫尔的人写的，他来自奥汉斯克县叶甫佳特村。

“看啊，布柳赫尔在乌拉尔的群山中策马飞奔。他脚下的群山在摇晃，森林在倾倒。背上背着精巧马枪，腰侧挂着子弹带，腰上别着手榴弹。敌人施放毒气，他有防毒的东西——列宁奖励给他的银质奖章。”

“布柳赫尔还有一辆装甲车呢，”文章里接着写道，“他和通信员坐在里面，装甲车有着厚厚装甲，一边行驶，一边射击。人们看不到他们，也无法抓住他们。有一次，他们在森林里行驶，遇到森林大火。他们从装甲车里爬出来，通信员用军服蒙住头，拼命往前跑。他回头一看，只见——布柳赫尔站在浓烟中，耳朵被烧掉，头发被烧光，鼻子变得很长，仿佛变成了大象鼻子，他倚在通信员的肚子上，呼吸着他肚皮上的新鲜空气。布柳赫尔受过严格训练，各种技能都掌握。这种呼吸方法，大家不会相信。”

第四版刊登的是瓦金写的一首诗，诗名叫《女人与士兵》：

吻我吧！

你是女人，我是士兵。

穿过冷杉和枯枝败叶，我走向你，

冒着枪林与弹雨，伴随着战斗，

我看见——黑夜降临在战马身上，

漫天暴风雪中卷走你——怒号。

我们的双唇，

在不见天日的风雪中，

冻得发青，

在冰冷的寂静中，死神在喘息。

我好累。我们两人多么好。

吻我吧！

你是女人，我是士兵。

你是女人。

吻我吧！

“首先，”奥西波夫提出，“请向我这个傻瓜解释一下，这首抒情诗的主人公是谁？”

“都写在这里了。”瓦金指着诗歌的副标题：《一个红军士兵的独白，1919年7月1日》。

“他怎么把自己称为士兵？红军通常使用战士这个词。”

“我的诗里，士兵这个词有两个概念。”瓦金补充说，“普通战士和指挥官，这样一来，形象就更具概括性。”

“好吧，”奥西波夫表示赞同，“我们接着说。事情发生在夏天，你为什么说‘在冰冷的寂静中，死神在喘息’呢？”

“这是一种隐喻，冰冷意味着没有生命，死气沉沉。”

“见你的鬼去吧！比如，使用的修饰词语就不太准确。为什么漫天暴风雪把6月或者7月的黑夜给刮走了？普通读者根本就不能理解。”

瓦金浑身一阵发冷。

“说完了吗？好，朋友，我现在就向你解释，这些暴风雪是从哪儿来的。红军去年夏天占领了城市，而前年，他们被佩佩利亚耶夫和乌科-乌戈维茨从这里赶走，这发生在几月份呢？”

“12月。”

“于是就这么写的。这不仅是红军士兵的独白，也是西伯利亚步兵的独白，副标题的日期也存在着另外一个：不是7月1日，而是12月24日，不是1919年，而是1918年。别的不敢说，但是我比较擅长分析诗歌，毕竟我吃的就是这碗饭嘛。”

瓦金朝衣帽间瞄了一眼——编辑的帽子没在里面。说明他还没来。

“别紧张，我对谁也不说！”奥西波夫笑了起来。眼睛看着瓦金，突然变得严肃起来，“依我看，昨天她的手包是落在你这儿了。”

“卡扎罗莎的手包吗？”

“是的，它在哪儿？”

“在我家。”

“你对别人说过它吗？”

“没有。”

“如果有人问你，你就说什么也不知道。晚上我到你那里去一趟。”

瓦金心里明白，分析《女人与士兵》是有其目的的，这是为了用卡扎罗莎的手包来换取沉默。他脑海里浮现出黑色天鹅绒里的石膏手。奥西波夫需要它吗？或许，他对舞台上的宣传画如此感兴趣，这绝非偶然。

奥西波夫朝隔壁房间看了一眼，只见娜佳坐在编辑部仅有的那台打字机的后面，这是一台雷明顿式打字机，打不出大写字母П上面的那一横。

“你想听听卡扎罗莎唱的歌吗？”他说，“我带了她的唱片来，你去把留声机拿来。”

趁着娜佳去杂物室取留声机的间隙，瓦金问道：

“昨天枪响的时候，您到哪儿去了？您昨天不是和我坐在一起吗？”

“我换座位了。”

“怎么突然想换座位？”

“就因为斯维奇尼科夫。他在大厅中间站了起来，正好挡在我前面。他虽然是个纯洁的布尔什维克，但也不是个透明人呐。这时，恰巧赶上那个傻瓜开始射击。”

“怎么处理他呢？”

“擦干他的鼻涕，然后送他上前线。不要失去善心！上帝保佑，波兰人会要了他的命。”

“现在可不见得，”瓦金怀疑说，“在西部战线，我们正在大规模推进，占领了列奇察。我看见了报告，报告里写到，皮尔苏茨基的特种兵团已经出现了败兆。”

“这是斯维奇尼科夫发现的。他给我看了他与华沙世界语者们的通信。文笔真棒！是介于《苦命的丽莎》和党政学校会议决议之间的某种风格。”

留声机拿来了，奥西波夫从公文包里取出唱片。把它放到唱机中间的立轴上，然后摁下了启动键。喇叭“吱吱”地响了起来，就像水溅到烧红的平底锅里的声音，然后，远处，轻轻地响起弹奏钢琴的声音。歌声响了起来——细微弱小，同样显得遥远：

月亮升起，老鼠随之而至，

它们用爪子挠着地板……

“我听不懂歌词。”娜佳抱怨说。

“这是一首歌唱惧怕老鼠的爱丽丝的歌，”奥西波夫解释说，“她害怕得无法入睡，有人送了她一只猫，所有老鼠都逃得无影无踪了。”

“那张唱片在哪儿？”瓦金问。

“哪一张？”

“您引用了其中两行歌词的那个，就是《她的家乡在塔希提岛》和《她永远只有15岁》。”

“丢了。”奥西波夫想了一下，回答说。

卡扎罗莎的声音从老旧唱片的“咝咝”中艰难地穿透出来：

月亮升起，室内却一片寂静，

爱丽丝在窗边睡得安详。

淡淡的月光从窗户流淌进来，

她走过来，再也不惧怕。

老鼠躲开猫，跑到了一边去，

爱在黑夜里照亮了生命。

瓦金将被风吹到脸上的柳絮搓成团。他一边听着歌声，一边观察着娜佳。她的脸上颤动着窗外树叶的阴影。早晨的阳光从院子里那棵老白柳的树冠透射进来，巨大的根部盘成螺旋状，由此显得更加粗壮有力。很厚的树皮像巨大的菱形网，覆盖着白柳树身，古老的树木通常都有这种菱形网，它们在广阔的土地上愉快地度过自己的一生。巨大的树杈向房顶上方伸展，树冠的顶部有些枯萎了，但下面的树枝却生机勃勃，随风摇曳，发出天籁之音。树叶摇曳的阴影映在娜佳的脸上，是风声，也是歌声，它们在诉说一个死去女人的爱情，她的心在创伤中溃烂腐朽，一切都在一个节奏上前行，一切都彼此联系，所以，无论描写的是白匪还是红军，是夏天还是冬天，这些都不重要了。如果能够感受到这个节奏，就不可能说谎。

“我可以解释，6月的暴风雪来自哪里了。”瓦金说。

“是吗？”奥西波夫惊讶不已。

“这就是柳絮。”

2

斯维奇尼科夫怎么也解释不明白，卡扎罗莎的画像哪里去了。这张画像的照片还放在钱夹里，不过他知道，雅科夫列夫是位著名画家，是“艺术世界”和“圣鲁基画家公会”的成员，被认为是塑造民族油画风格，特别是东方和女性油画风格的大师。为了寻找这种风格，他在1918年去了中国，游历了蒙古，然后定居在法国，在“雪铁龙”公司工作，并且以在北非汽车之旅期间创作的旅行素描集而闻名遐迩。斯维奇尼科夫在伦敦购买了这本素描集。日落时的沙漠染上一层玫瑰色，一群身穿带风帽斗篷的柏柏尔人，正齐心协力地推动陷在沙丘里的汽车，骆驼舔着被夜露打湿的帆布帐篷，威严的族长在随从们的簇拥下欣赏着换车轮的人们。素描集中有一幅作品名叫《卖鸟人》：一个长相丑陋、衣衫褴褛的老人坐在集市边，他周围是秸秆编成的笼子，里面装着各种毛色的小鸟，老人的两腿之间放着一只最漂亮的小巧鸟笼，还没有手掌大，里面有一只忧伤的雌鸟，小小的头颅紧紧贴在鸟笼的秸秆上。刚一打开这本素描集，斯维奇尼科夫就认出了这只鸟。

1923年夏天，斯维奇尼科夫和妻子身在伦敦。他们乘坐英国的“白沙瓦”号大型邮轮从里加来到伦敦，妻子和来自利巴瓦的一对移民夫妇在甲板上散步。斯维奇尼科夫不喜欢妻子这样做，每到晚上就在船舱里责备她。

两年之前，他们在彼得格勒相识，东部战线的一个战友一再邀请他前去彼得格勒。斯维奇尼科夫被安排到对外贸易人民委员部的广告部门工作。他在那里制作广告，推销俄罗斯产的胶合板、木材、废金属。他是多么自由啊！写完广告稿，就将其送给隔壁房间的那位女翻译。她一个人住，父母都去世了。一个月后，他就留在她那里过夜了，又过了一周，他们两人登记结婚了。有一种模糊的希望驱使着她：如果一切顺利，而且她和自己的朋友也可以从中帮忙，这个有着正规履历的光头男人可以干出一番事业。一切如愿以偿：在妻子的帮助下，斯维奇尼科夫受到器重，不断被提拔，并被选派到学习班学习，两次派往国外——斯德哥尔摩和汉堡——出公差，最后被派到“阿尔科斯”公司工作，这个公司履行的是苏联驻英国商务代表处的职能。

刚到伦敦，他们就遇到了麻烦。斯维奇尼科夫不懂英语，而他的妻子到了伦敦之后才清楚，她根本没有达到精通英语的程度，不过，在摄政公园19号的世界语银行存有4万金卢布，这个念头始终留在他的脑海里。定做的西装刚做好，斯维奇尼科夫就出门去找弗德里曼和厄尔特。这时，世界语他已经忘得差不多了，只好花了好几天时间来重温教科书，以便准备并背熟一段简短且富有激情的演讲稿，内容是关于苏俄世界语事业的蓬勃发展。彬彬有礼的工作人员将他引进办公室，弗德里曼不在，只有厄尔特先生一个人坐在那里。这是一个留着平头的肥胖男人，脖子明显过于粗大。

“您好！”斯维奇尼科夫向他打招呼，然后开始讲述，苏联拥有上千份世界语杂志，俱乐部活动空前繁荣，举办各种集会，进行世界语无线电广播。

“不了解情况的人很难想象所发生事情的规模，”他热情昂扬地说，偶尔瞥一眼自己的发言稿，“所有这一切似乎是一种幻象，不过，我说的这一切，将会以书面形式，在一个月内由全俄世界语者联合会亲自提交给您，或者是国际大会主席团……”

厄尔特先生示意稍等片刻，然后对站在一旁的工作人员低声说了些什么。工作人员转身出去了，很快又回来了，同时带来一个胖子，只见这个人头发梳得溜光，留着尖尖胡须，脸面呈橄榄色。他用听不懂的语言飞快地说了几句，斯维奇尼科夫什么也没听懂，但是重复了两次，而且面对他说的“сеньор”（西班牙语，意为先生——译者注）这个词意味着：他们把他当作西班牙人或者拉丁美洲人，随后叫来了一个翻译。一切都清楚了，这里只是个普通的金融事务所，这里没有任何世界语者，简直是在对牛弹琴。他沉默着转过身，没有道别，径直朝门口走去，粗脖子的厄尔特用冷淡的眼光目送他，长着橄榄肤色的那个人惊叫了一声：“先生？”

纽曼并未食言——他被释放了，没有在任何相关文件上签字，甚至没有没收属于他的文件。斯维奇尼科夫走到昆古尔街，沿着贸易街信步而行，街道两旁是门窗紧闭的小商铺和米面铺，然后朝市立剧院走去。剧院休息室里还挂着彼得格勒巡回演出的海报，其中第二个节目由伊琳娜·米拉舍芙斯卡娅表演，她将表演世界著名戏剧《赫尔松草原上的红色罂粟》里的歌曲《蒂罗尔游牧歌》。除了卡扎罗莎，她是巡回演出团里的唯一女演员。

五分钟之后，斯维奇尼科夫就坐在了她的化妆间里，这个化妆间同时也被当作她的临时卧室。一个三十多岁、有些驼背、嘴巴很大的金发女郎，身体微微俯向梳妆台，正仔细地用指甲清理一张方形糖纸上的银箔。珍珠贝似的尖尖指甲在揉皱的银箔上来回划着，就像破冰船在水面上留下两道白白的痕迹。

“葬礼定在明天11点，”她冷冰冰地说，视线没有离开糖纸，“如果您想为济诺奇卡（济娜伊达的昵称——译者注）送别，请前往亚历山大医院太平间。有关马车的事情我已经谈妥了。追悼会将在剧院举行。我们在剧团里募捐了一点钱，有个男人送来3万卢布用于购买棺椁和雇佣挖墓穴的人。”

“什么样的男人？”斯维奇尼科夫不由得警觉起来。

“不太清楚，我没问他姓什么。”

“他长什么样子？”

“不记得了。”

“怎么？”

“忙得没有顾上他……我并没有仔细看他……您还对什么感兴趣呀？”

“所有事情，您对济娜伊达·格奥尔吉耶芙娜了解的所有事情。我对她几乎一无所知，尽管我们还算熟悉。两年前，我们在彼得格勒相遇……当时是我邀请她前来斯特凡军校演出。”

“明白了。您觉得您自己对她的死负有责任？”

“是的。”

“您不用自责，这与您无关。前一天，我用纸牌给她算命，连续两次出现了黑桃A。”

斯维奇尼科夫站了起来。

“看起来，今天我们不可能结束谈话了。明天接着谈，可以吗？”

“请坐下，”米拉舍芙斯卡娅用郑重的语气说道，“我有事对您说。”

他重新坐下了。

“我的纸牌从不说谎。”她说道，声音平静，宛如在歌唱赫尔松平原。

“这就是您准备对我说的？”

“难道这不是您想从我这里听到的吗？我就想说：您没做错什么，这是命运。”

“要谈论一个人，就要了解这个人。您了解济娜伊达·格奥尔吉耶芙娜吗？”

“是的，如果用认识时间的长短来衡量。”

“你们什么时候认识的？”

“六年前在柏林。战前，我在那里的音乐学院上课，济诺奇卡在练声，为了通过施季茨教授的考试，他是柏林著名的声乐教授。”

说完，米拉舍芙斯卡娅从手包里拿出一条很大的乡下人用的手帕，擤了一下鼻涕，然后开始讲述，她们那时住在哪儿，哪条街的哪家旅馆。那时她们还年轻，天真轻率，很容易就亲近起来。这两个俄罗斯人在国外相遇了，况且，作为一个女人，济诺奇卡需要有什么人可以倾诉一下，一吐为快。这之前，她刚跟丈夫离婚了。

“跟阿尔菲里耶夫？”

“不是的，她的第一任丈夫是画家雅科夫列夫。”

“猫是谁送给她的？”

“猫？”

“是的，爱丽丝那首歌中的那只猫。”

“您认为，济诺奇卡在歌里唱的都是她自己？您可别这么天真幼稚了。我没在她那儿见过什么猫。如果说，这两个人谁可能送她这种东西，那一定是阿尔菲里耶夫，他可没钱买贵重东西。”

“她为什么跟雅科夫列夫离婚了呢？”

米拉舍芙斯卡娅没有直接回答这个问题，她又将话题转到了战前的柏林：

“在我们的旅馆不远处有人卖樱桃，下课后，济诺奇卡给我和她自己各买了一小袋，我们反锁上门，一边吃樱桃一边闲谈。和她在一起非常轻松快乐……战争刚一开始，德国人就拘留了我们，但很快便释放了。我们一起回到了俄罗斯。路过斯德哥尔摩。如果您感兴趣，我可以详细说说在那里的经过。后来，我们很长时间失去了联系。可是，三年之后我们竟然在涅瓦大街不期而遇了。她随身背着一个大背篓，里面有个婴儿——她的儿子。她叫他**奇卡**，他的大名是亚历山大，小名是萨沙（后者是前者的昵称——译者注）。我们彼此开心地拥抱，她把背篓放在人行道上，掀开盖被，她兴奋得满脸放光。婴儿干干净净，十分健康，长得挺大。我记得，当时我惊讶不已，他才7个月大。现在想起来，那是由于在济诺奇卡旁边，所以他才显得很大。她长得很娇小，您知道别人怎么说她吗？他们说，拉着卡扎罗莎的四轮马车，仿佛空无一人。”

“是阿尔菲里耶夫的儿子吗？”

“是他的。”

“还健在吗？”

“要是还活着就好喽！他第一次生病是在前年冬天。有一次，我到基洛奇内街济诺奇卡的住处去看她——所有的窗帘都拉得严严实实，奇卡躺在小床上，紧闭着眼睛。他需要待在完全的黑暗中。一点儿动静也没有，他的嘴唇上长着疱疹。孩子生病，这最让人难受。很难把药吃下去，我用注射器勉强往他的嘴里打点药水。总算熬过去了，但过了半年，他就不幸死于这个病。”

“那时，她已经跟阿尔菲里耶夫离婚了吗？”

“您总是念叨这个阿尔菲里耶夫！您也跟他认识？”

“告诉您，”斯维奇尼科夫小心谨慎地说，“有理由认为，济娜伊达·格奥尔吉耶芙娜的死并不是一次偶然事件。”

“当然了，”米拉舍芙斯卡娅出乎意料地马上表示赞同，“意外死亡原则上并不常有。我们可以这样认为吧？通常情况下，比如她得了某种病——死了。而实际情况正好相反：她不是因病而死，而是因为*即将死亡而生病*。您明白了吧？”

“不太明白。”

“当一个人死亡大限临近，就会出现某种病态。比如醉酒的傻瓜手拿左轮手枪……奇卡死后，济诺奇卡病了很长时间，因为这个，她的嗓音也变了。说实话，她的嗓音一直不太响亮，不过，柔和悦耳，音色非常柔和。现在这种柔和没有了，出现了劈音。”

“昨天我一点儿也没觉察出来。”

“瞧您说的！不是所有专家都能觉察到，济诺奇卡完全可以用她的音乐修养和艺术天赋来弥补这一点，但她决定离开舞台了。她把自己封闭起来，不再现身音乐会、剧院以及同行聚会。在我们圈子里，这就结束了，但是我有种预感，她一定会出什么事。不是这次，就是下次，不是在这里，就是在彼得格勒。这样说不太好，但说实话，我一直等着这种事情发生。她的嗓音——不是普通的嗓音，不像您的嗓音，也不像我的嗓音，尽管我也是个歌手。她的嗓音是她的灵魂。嗓音没有了，就什么都没有了。”

“您是说，济娜伊达·格奥尔吉耶芙娜离开了舞台？”斯维奇尼科夫追问。

“唉。”

“那她为什么还要参加这次巡演呢？”

“是我，真是个傻瓜，把她硬拉出来的！是我呀！”米拉舍芙斯卡娅显得后悔莫及，“我心里想，她不想在彼得格勒出头露面，那就去外省演出嘛。否则，她三天才出一次门，任何人都不愿看见。拉着窗帘，一躺就是几个小时。所有值钱的东西都在奇卡生病时卖掉了，吃的只有胡萝卜茶和面包干。她吃得很少，像只小鸟一样进食，有一点樱桃就饱了，但就这样也感觉有些无能为力。确实，朋友们都送吃的给她。所有人都喜欢她，无论是演员还是导演。她善于倾听别人，乐于与人相处，说些家长里短。在我们这个圈子里，像她这样才华横溢的人，这种情形并不常见，人人都在为自己着想。”

“您没说她为什么决定参加巡回演出。”斯维奇尼科夫提醒道。

“我自己也不明白。一开始她并不想来，后来，当我说出我们要去的城市，她马上就答应了。”

“有可能，她想在这里见到什么人吧？”

“有可能，是您吧？”米拉舍芙斯卡娅猜测。

“不可能。”

“和她认识的时候，您当时有头发吧？”

“您觉得这有关系吗？”斯维奇尼科夫显得有些生气。

“女人的好奇心而已。您还真生气了？原来，这里还住着她的一个老朋友，可是济诺奇卡觉得没必要告诉我。您看，我还自以为和她关系非常亲近呢。”

第七章 女情敌

餐厅午餐的羊肉汤、水手通心粉以及带有商店干果霉味的糖煮水果——这些东西成团地塞到了胃里。斯维奇尼科夫躺在宾馆的单人床上，微微闭着眼睛，回想起伊达·拉扎列芙娜的说话声。

“是的，”她高声说道，仿佛在激烈地辩论着什么，“世界语的发音可以让人想起塞万提斯和洛佩·德·维加！难道这还不够吗？查理五世认为，西班牙语——这是最适合与上帝沟通的语言！”

在伦敦，斯维奇尼科夫参加了当地“世界语”俱乐部的会议，他惊讶地发现，英国人说的世界语听起来更像但丁和彼特拉克讲的语言。而在那时，在俄罗斯，世界语听上去就像西班牙语——源于激情与希望。

伊达·拉扎列芙娜的那个狭小房间位于“蚁穴”寄宿学校的楼梯下面。里面只有一张床、一张桌子、一个书架和两个小凳子。墙上有一张柴门霍夫的照片，钉子上挂着一条亚麻头巾，头巾上有她亲手用绿色丝线绣的三行诗：

Malamikete de las nacjes,

Cado, cado!

Jam temp’esta.

这三行诗通常被认为是第一篇世界语文本，被世界语者们视为圣书。据说，这些诗句是柴门霍夫17岁时所写，当时他在比亚尔斯托克中学读书。翻译成俄语的意思是：

民族间仇恨

消失吧，消失吧！

已是时候了。

总体来说，伊达·拉扎列芙娜非常厌恶做一切针线活。

然而，她可以极其耐心地绣出这三行诗，对于斯维奇尼科夫来说，这始终是个谜。不过，最后一行诗是用钩针钩出来的，这就表明，早在刺绣完成之前，这种激情就已经在她的心中黯然熄灭了。

以前，他经常到这个房间来，但一次也没在这里过夜。开春以后，他还没来过这里。但是事情到了这个关头，他斯维奇尼科夫可能被推选为俱乐部董事会主席。他必须来一趟了。

房间狭小，两个凳子都被放在了桌子下面。伊达·拉扎列芙娜拿出来一个凳子。斯维奇尼科夫坐在凳子上，面朝着床，她自己坐在床上。整个冬天，这张床一直是他们的爱巢。就在这张床上，伊达·拉扎列芙娜一改世界语积极分子和孩子们护佑者的形象，变成了一个十足的欲女。在2月的寒冬里，每当激情勃发，她就脱下衣服，全身赤裸，把衣服扔到地上。亲热时坚持点着灯，最多也就把煤油灯的灯芯捻暗一点。如果斯维奇尼科夫试图把灯熄灭，她就会生气发火："我可不是东方女人，喜欢在黑暗中跟你亲热。"做爱时，她总是跨坐在他的身上，让他握着自己的两个乳房，而且从不闭上眼睛。斯维奇尼科夫自己通常闭着眼睛，偶尔无意间看见，她在高潮时瞳孔上翻，眼里充满眼白，一副可怕的模样。不过，他还记得她那粉嫩的乳头和白皙的皮肤，散发着苹果香气的嘴唇和平坦光滑的小腹，那是未生育过的女人所特有的。

“请见谅，我这里很乱。”她说，尽管他对这些已经司空见惯了。

他们热恋之时，是临近冬末时节，他全身心地努力去了解她，但仍然搞不明白，为什么她脱鞋时要把一只毡靴脱在门外，而把另一只脱在屋里？明明是在同一个地方，她为什么要用两个茶杯喝茶？还有，她怎么可以在众人面前谈吐自如，举止得体？还有一点，她总是把连衣裙上最显眼的纽扣扯掉，自己却又无法缝缀上？

“他们把你放了？”她问道。

他感到迷惑不解：“你从哪儿知道我被捕了？”

“那我还能怎么想？你可是被手枪抵着后背带走的。”

“你想错了。他们请我去的，是作为证人和董事会成员，就是这样。同时，”为了使这种说法更具说服力，斯维奇尼科夫补充道，“他们还讨论了我的一个建议，就是建立世界语特别分队。”

再问细节就多余了。像俱乐部的所有积极分子一样，伊达·拉扎列芙娜非常清楚，最初加入这个队伍的人员，应该是来自她的祖国——波兰的世界语者们，然后，随着世界语运动向西推进，来自德国、法国、意大利的人们开始逐渐参加进来。这些国际性的成员，应该成为红军正规部队与欧洲无产阶级起义队伍之间的联系纽带。

作为回答，伊达·拉扎列芙娜念起了一首诗：

士兵用木槌敲打着虱子，
我的心
疲倦了，
伴着这种声音
跳动。

“这是一个小姑娘的诗，我的一个女学生。”她解释说。

“你干吗又要想起这些诗句？”

“我恨这些士兵！你知道，世界语里为什么要有8条语法规则吗？”

“8条？难道不是16条吗？”

“那是加上了补充的那些规则。最基本的就是那8条，按照世界的基本方向数量。”

“世界就4个方向啊：东、南、西、北。”

“4个基本方向和4个过渡方向：东北，西南，等等。”

“是这样，”斯维奇尼科夫点点头，“可见，世界语中考虑的只是基本规则，不包括附加规则，而在地理方位上——则要考虑到4个基本方向加上过渡方向。”

“没错，这个数字象征着世界各地人类的团结。而

‘гомарано’（世界语，意为世界大家庭——译者注）这个单词也是由8个字母所组成的。”

伊达·拉扎列芙娜转过头，看了一眼墙上柴门霍夫的照片。

“Гранда бен эсперо...（世界语，意为希望如此——译者注）伟大而美好的希望促使着他。如果他知道，你将世界语用于战争，他在坟墓里也会辗转反侧、躁动不安的。”

斯维奇尼科夫房间的镜子上，贴着一张邮票，上面是一幅完全相同的肖像——一个戴着眼镜、留着胡子的秃头男人。如果遮住秃顶部分，他看起来就像一个贴着胡须的少年。他的所有肖像都一样，只是尺寸和底色有差别。根据伊达·拉扎列芙娜的看法，这就说明，导师没有丝毫的虚荣心。她说：“一次劝说他照了一张相，就再也不想照了。”虽然达涅维奇确信地说，柴门霍夫照过很多像，从中挑出来一张作为其标准像，剩下的都被世界主义者们销毁了，以便他的相貌有统一的正式版本。所以，这位世界语创始人逝世之后，世界语者们便占有了他的资料。“他们，”达涅维奇证明说，“其实非常愿意毁掉这张照片，以便将自己的偶像变成上帝之神，但他们害怕引起世界语运动普通参与者的不满。他们必须考虑到，并非所有的世界语者都是犹太人，还有基督徒，而他们习惯于崇拜耶稣圣像。”

“世界语并不是战争需要，而是革命需要。”斯维奇尼科夫表示反对。

“那不成了一场徒劳，”伊达·拉扎列芙娜驳斥说，“你们革命之后还会有另外的革命，如果你们将俄罗斯保留成原来的俄罗斯，波兰——还是原来的波兰，而德国——也还是原来的德国。苏维埃这个词就没有改变任何东西，它只是掩饰了问题的实质而已。”

斯维奇尼科夫很清楚这些想法，她总是在床上对他讲述这些，只有说完这些，才允许自己抚摸她。在温存之前，他还能清楚其中的道理，但事过之后，他就对这些失去任何兴趣了。

世界语者认为，国家的名字不应该用生活在其中的任何一个民族的名称来命名。即使这个民族的人口占据大多数，因此，很早以前，就有人提议将俄罗斯改名为彼得堡列尼亚，法国——称作巴黎兹列尼亚，波兰——改叫华沙兰基亚。他们列出了一些国家名单，这些国家可能因其名称不符合时代精神而引起革命动荡。奥地利、澳大利亚、美利坚合众国，还有像秘鲁这样的联合公国就提供了可以效仿的榜样。当然，这并非最终决定，仅仅是通向理想之路的过渡阶段，但不论怎样，相比俄罗斯人、波兰人甚至犹太人这种名称，彼得堡列尼亚人或华沙兰基亚人更接近世界语。

“昨天，你起初是站在魔影灯的旁边，后来我就再也没看见你。那个学员开枪的时候，你在哪里？”斯维奇尼科夫问。

“我去了大厅的另一边。”

"干什么去了？"

"里面太闷了，那边的窗户开着。"

"你不觉得，射击来自两个不同的地方吗？"

"没觉得，"伊达·拉扎列芙娜犹豫了一下，回答说，"怎么了？"

"没什么，没觉得就算了。"

"你闻到她身上有一股面粉味吗？"她用斯维奇尼科夫熟悉的语调问道，但这种语气通常不是什么好兆头。

"谁身上？"他没听明白。

"卡扎罗莎。"

"为什么她身上会有面粉味？"

"女歌手们从不洗头。哪怕一点点感冒也会让音色发生变化。所以，她们往头发上撒面粉，然后梳理脏头发，这就算洗头了。"

"你说这些是什么意思？"

"我发现，你昨天用异样的眼神看着她。你告诉过我，她曾经给你留下了深刻的印象，可我没想到，这印象竟然这么深刻哩。老实说，我很嫉妒她。只有在我光着身子的时候，你才会用那种眼神看我。她有什么令你着迷的？"

"别说了。"斯维奇尼科夫央求说。

"我，"伊达·拉扎列芙娜并没有理会他，"注意到了，她的手指非常细长，当然，也非常漂亮。但你也应该发现，如果一个女人有细长的手指，那么她的脚趾也会是那样的。这就没那么吸引人了。”

“求求你，别再说了！”

“头发也是这样，”她冷静地继续说，“如果她有茂密又蓬松的头发，那她的腋下和阴部一定也是这样。就像我，你根本就不喜欢，不是吗？”

斯维奇尼科夫猛地站了起来，肩膀撞到书架。书随即都掉到了地上，同时也发出一声铁器掉落的声音。伊达·拉扎列芙娜迅速弯下腰，可斯维奇尼科夫动作更快。一支没有枪套的小手枪藏在了书的后面。

学员们的手枪都是7.62毫米口径，这支手枪明显更小。斯维奇尼科夫取出弹夹，里面没有一颗子弹，他拿着手枪，转向已经安静下来的伊达·拉扎列芙娜。

“你的？”

“现在是我的了。”

“以前是谁的？”

“不知道。”

“你说自己憎恨士兵、战争和武器。那你这是从哪儿得到它的呢？”

“我捡的。”

“什么？”

“真的，科里亚（斯维奇尼科夫的昵称——译者注），是我捡到的！昨天你被带走之后，我去了学校的院子，这只枪就被扔在那里。”

“你在院子里干什么？”

“都需要解释吗？你自己猜不出来？”

“猜不出来。你究竟为什么要去那里？”

“我准备去特别部。”

“我不明白。”

“喏，用两个零表示嘛。假设把零看作字母‘O’，根据这两个单词的前两个字母，就是特别部（особенный отдел）嘛，就像‘契卡’这个缩写词一样。学校的厕所坏了，院子那里有个小亭子，我急着上厕所。”（此处用“特别部”表示特殊之地，类似汉语口语中将厕所称为“1号”——译者注）

“怎么，你就不能暂时忍一下？距离家也就5分钟的路程嘛。”

“忍不住。”伊达·拉扎列芙娜口气严厉地说。

“好吧，”斯维奇尼科夫尽力克制自己，“也就是说，你发现了这把枪，把它拿回了家里。这样，我相信你说的话。可你为什么要把它藏起来呢？”

“不为什么，以防万一。”

“想杀什么人？”

“想自杀。”

“真是胡说八道！为什么？”

“肯定不会为你，别想了。”

伊达·拉扎列芙娜又坐回到床上。

“你真不了解我！你以为，我和你睡过觉，你就都了解我了？”

“我没这么想过。”

“你就是这么想的，就是这么想的。你们男人都是这么觉得。在你们看来，女人的秘密就在她们两腿之间。到过那里，对她就一切都知道了。”

斯维奇尼科夫心里清楚，这种时候最好不要打断她，让她都发泄出来。他在手里把玩那把手枪，防止她忘了有关手枪的事情，离题太远。他没有说话，一直等着下文。

“有一次，我已经打算结束自己的性命，当时我的未婚夫被人杀死了。”她说道，身体转向了窗户。

窗外，学校菜园里的畦田已经一片绿色，一旁出现一个头戴黑帽的熟悉身影。斯维奇尼科夫在剧院附近就注意过这个矮个小子，不过那时他戴着一顶白色帆布帽子。旧政权的时候，那些街头密探都会随身携带两三顶帽子，不时地调换一下，防止引起被监视人的注意。现在，这种手段被运用到同反革命分子的斗争中。必须用敌人的武器同敌人作战，但事实上，他自己已受到别人的监视，斯维奇尼科夫对此心知肚明。卡拉瓦耶夫和纽曼有权怀疑并监视他。如果他身处这个位置，也会这样做。

“你知道《黑夜扯断相思线》这首歌吗？”伊达·拉扎列芙娜问。

“不知道。”

“这就怪了。1915年的时候，这可是一首最流行的歌曲。我们隔壁房子里是一家饭店，这首歌一晚上能被连续唱上20次。

从架子上掉下来的一堆书中，她抽出一个厚厚的笔记本。封面上还留着贴纸画的彩色痕迹，上面是两只互相爱抚的鸽子。母鸽喙里衔着一只嫩绿的树枝，雄鸽伸出爪子抓它，还佯装吸引自己的是树枝，而不是伴侣的喙。在两个人的关系中，伊达·拉扎列芙娜也要求斯维奇尼科夫遵守这个古老的游戏规则。伊达·拉扎列芙娜很快就翻到了那页。拿过笔记本，斯维奇尼科夫认出了她的笔迹，随即读道：

黑夜扯断相思线，
我未必活到早晨。
写吧，求你，写下吧，
写下那两个词，姐妹！

写吧，叫沃瓦的男孩，
我只要竭尽全力亲吻，
来自利沃夫的奥地利头盔，
我会珍藏这个送他的礼物。

写给我可怜的妻子，
哪怕就写上几句话，
我手上的伤并没有大碍，
我正在康复并健壮如常。

再单独地写给我的老父，
我们英勇团队都已阵亡。
穿透胸膛，我中弹受伤，
我已经完成军人的使命。

“我的未婚夫战死在利沃夫附近，他就被葬在了那里。”斯维奇尼科夫从笔记本上抬起头，就听到伊达·拉扎列芙娜解释说，“最后的这封信是医院的护士帮助写的，他已经无法写信了。我的沃瓦也不在了。”

她发现，窗外菜园里有两个女孩正拎着沉重的喷壶在浇水，于是大声喊道：

“赶快放下！去喊男孩子来。我是让他们来浇水，不是让你们女孩子。”

女孩们跑走了，但是男孩子并没有出现。

伊达·拉扎列芙娜叹了口气，接着说道：

“我花了大价钱从医院弄到了吗啡和注射器，拿上最漂亮的连衣裙，带上路上吃的东西，所有东西都装进手提箱，将自己打扮成护士，就去了西南前线。他被埋在哪里，已经写信告诉我了。我决心已定，穿上这条连衣裙，来到他的坟前，然后就在那里用吗啡结束自己的生命……总之，我买好了票，坐上了火车。第一天，我根本睡不着，后来，我自己也不知道是怎么睡着的。我做了一个梦……”

“在梦里，我从山上朝河边跑去，河水在阳光下发出耀眼的光芒，我跑呀跑呀，跑了很长时间。长满野草的山坡总是没有尽头，虽然河岸好像近在咫尺，可是，我仍然不断地奔跑，奔跑。无数的野花在我脚下发出清脆的声响，就像钓鱼时，渔夫将插在地上的钓竿梢绑上小铃铛，一旦有鱼儿咬钩，这些小铃铛就会叮当作响。”

斯维奇尼科夫给她讲过有关卡扎罗莎的事情，但他无法相信，仅仅出于嫉妒，就让她决定杀死这个情敌。更真实的情况可能是：凶手开枪之后，在剧场大厅里悄悄地把手枪直接递给了她——以防有人一旦发现是从不同地方开的枪，就会开始搜查所有人，而伊达·拉扎列芙娜当然不可能在被搜查人之列。还有一种可能，凶手开枪之后将枪从窗户扔了出去。斯维奇尼科夫在脑海中想象着手枪的飞行轨迹，并估算出，它完全可以与伊达·拉扎列芙娜从大门到院子里亭台所走的路线相交。

“我朝河边奔跑，”她轻声说，“也知道，河里的水冰冷。虽然在阳光下河水明亮耀眼，但它不可能是温暖的。理智上我明白这些，可是我仍然想快点跑过去，跳进河里，忘掉那些可怕的事情。那一刻我什么都不记得了。但是我知道，如果不跑到地方，过后一旦回想起来，肯定感到懊悔。不过，跑了这么长时间，我逐渐开始注意到，周围的一切是那么美好。满眼都是绿色，一切都那么纯净，天空是如此的湛蓝，岸上的沙子是如此洁白，也非常洁净。最后，我开始觉得自己真是愚蠢至极，跑了这么长时间，竟然没有注意到身边的这般美景。”

斯维奇尼科夫有种感觉，他并非是第一个听到这个梦境的人。这个梦的情节是根据先前听者的反应进行构造和润色的，情节也经过挑选，目的是更突出主题。斯维奇尼科夫已经猜到，事情会如何发展——这个梦一定会让她重新找回对生活的热爱。现在，她会清醒过来，收拾好东西，在最近的一站下车，然后踏上回程的列车。或者，她会打开提箱，拿出装着吗啡的瓶子，将手伸出车窗外，慢慢地松开手指。

“我又往前跑了几步，然后开始行走。”伊达·拉扎列芙娜继续讲道，“我刚这么做，那条河一下子就出现在了我的脚下。我望了一眼，吓得赶紧往后一缩。近在眼前的河水看起来并不像在远处看到的样子——河水黝黑，深处漂浮着令人作呕的黑褐色水草。顺着水流，它们上下涌动，就像什么人的触手一样。”

她停了下来。

“接下来怎么样了？”斯维奇尼科夫问。

“后来我就醒了。”

“于是你就决定，还是应该活下去吧？”

“一切都自然而然有了结果。我意识到了，不应该给自己注射吗啡。”

“因为这个梦吗？”

伊达·拉扎列芙娜摇了摇头。

“不是。理由很简单：我睡觉的时候，手提箱被人偷走了。”

让她失去未婚夫的那场战争，是不久之前发生的唯一一场战争，需要明确一下，不是眼前的这场战事。这场战事如同一场疾病，而那场战争则像一个节日。

加利茨市政厅的大楼上悬挂的黑黄色奥地利旗帜，被几个哥萨克扯了下来。在橄榄树间和葡萄园里，加里波利的陆战队英勇作战。土耳其鱼雷战舰梅苏里号船尾带有新月的绿色旗沉入了博斯普鲁斯海峡珍珠般的海水中。齐柏林式飞艇像一只空中的巨鲸悬在巴黎的夜空，探照灯像是天空表盘上的巨大指针转动着，搜寻着，照在它们没有防护的柔软肚子上。英国潜艇在马尔马拉海的水下漫游。就像身上缠满水草无家可归的流浪者，这些钢铁巨鲸从海底深处浮出水面，与潜水艇汇合，接受潜水艇给舰员们送来的燃料、培根和饼干。印度士兵占领了勒阿弗尔，在耍蛇人的长笛声中，女人给他们撒上鲜花。斯维奇尼科夫也读报纸，但是在他自己所读的有关战争内容时，并没有齐柏林式飞艇，没有长笛，也没有手拿长矛的哥萨克，有的只是被损毁的波兰道路、田野上空飘荡的尸体气味以及战壕，这些战壕在战斗中竟然出奇的干净，因为士兵所吃进的东西都被烈火烧净，但是在无风的时候，战壕却又散发出腥臭味。

1916年，第一次在第聂伯河边看到哥萨克，他像一个孩子第一次看见了自己最喜欢的书里的人物，欣喜若狂。而三年后，在卡马河河岸，当他认出斜挎自动步枪的这些人时，惊恐不安。他们三三两两地离开岸边的峭壁，在晨雾中只能看见他们的轮廓。战士们以为他们是自己人，但他马上就认出了他们，因为哥萨克骑兵的步枪不是背在左肩上，而是挎在右肩上，为的是骑马更方便。

第八章 阴影

1

隔壁房间里的收音机终于关上了。当敲门声响起时，斯维奇尼科夫已经开始打瞌睡了。他赶紧坐起来，穿上皮鞋，然后说了一句：

“请进，门没锁。”

玛雅·安东诺芙娜走了进来。

很快，桌子上便堆满了明信片、装在长长外国信封里的信件（信封上几乎看不见揭下邮票的痕迹），还有身着泳衣的年轻人的照片。明信片上是外国城市美丽的夏日景色。这样的美景并不常见。

“我们小组，”玛雅·安东诺芙娜汇报说，“已经与七个国外俱乐部建立了联系，当然，这些俱乐部主要来自社会主义国家。今年秋天，根据各种指标，莫斯科的中央委员应该授予我们应有的俱乐部身份。”

斯维奇尼科夫做出一副表情，似乎对她说的话很感兴趣。

“您写的是什么？”

“给他们讲述我们的城市、边区的自然状况和文化成就。许多小组成员都在收集明信片和邮票，寻找笔友以便让自己的收藏更加丰富。总之，世界语将人们团结在一起。去年，我参加了一个国际世界语训练营，在共青团中央委员会的组织下，这种训练营每年都在克里米亚举办，而我的那位匈牙利籍女邻居，因为世界语邂逅了她的爱人，现在他们要结婚了。”

找到了一张这对幸福夫妻的照片。他们甜蜜地站在排球网前，那个姑娘胸前搂抱着一条硕大的充气鳄鱼。

“这就表明，”玛雅·安东诺芙娜说，“她的世界语那时说得还不好。您瞧。”

“我瞧什么？”斯维奇尼科夫没明白。

“她的世界语说得还不好，是训练营中最差的。”

“从照片怎么能看出来呢？”

“因为鳄鱼。她抱着一条鳄鱼哩。”

“那又怎样？”

“怎样？”玛雅·安东诺芙娜惊讶不已，“您难道不知道绿色的鳄鱼吗？”

“不知道。”

“这是一个世界语古老传统。难道在您那个时候没有它吗？”

“没有。”

“您知道，鳄鱼一词在世界语里代表什么意思吗？”

“以前我可能知道，但现在早忘记了。多少年过去了。”

“它代表笨蛋、傻瓜的意思。柴门霍夫给鳄鱼编了一个笑话，于是，它就流传下来。每个世界语训练营都必须有一条充气鳄鱼。晚上列队点名的时候，就把它交给当天世界语对话练习中出错最多的人。专门有人在训练营里巡视，同时注意听学员们的对话练习，然后决定鳄鱼发给谁。”

“真是聪明，”斯维奇尼科夫称赞道，随即站起身来，“我们在城里散散步吧。”

已经走在街上，他开口问道：

“您送给我一本小册子，作者是瓦连金。您对他了解吗？”

“很遗憾，一点儿也不了解。我曾问过伊达·拉扎列芙娜，她说，她不想再提起这个人。”

“为什么？”

“不知道。大概是私人原因吧。我应该想办法让她告诉我。”玛雅·安东诺芙娜感觉很愧疚。

斯维奇尼科夫第一次见到瓦连金，是在“劳动者之家”，在他领导的世界语初学者小组的课堂上。前来上课的人大多都是初学者，因此，授课从巴别塔开始。世界主义者们经常祈祷它，左翼——认为它是一种象征，右翼——则认为它事实存在。右翼代表声称，那个狼躺在羊羔身边的人间伊甸园根本就没有消失，即使亚当和夏娃被从中赶出来之后也是如此，然而，巴别塔倒塌时却荡然无存，仅仅留下了残柱。语言的划分使其无法继续存在下去。

根据这个原因，瓦连金得出了自己的结论。长长的德语语句听上去很洪亮。

“您感觉呢？”他问道，“这种语言鲜明地展现出德国人、音乐家和哲学家的心灵印记，但同时也显露出日耳曼士兵和条顿人的粗鲁。而英国人的言语……”

接下来是用英语说的几句话。

“在它们背后，”瓦连金指出，“清晰地浮现出英国人、商人和海员呆板冷漠的形象，这些人只知道时间就是金钱，于是都尽量长话短说。现在，让我们再听听神圣的西班牙语……”

瓦连金陷入沉思，脑海里唯一能想到的只有：“Буэнас диос, сеньорита.”（西班牙语，意为早上好，女士——译者注）

学生中有人扑哧一声笑出了声。这是在说，要想分析水的化学成分，完全不需要一桶水，只要一滴水就足够了。任何一句最平常的话语，都会反映出语言的精神，而在语言中——反映的则是民族的灵魂。世界语融合了欧洲所有主要语言的特点，每个欧洲人都能在其中发现一些自己熟悉的本民族的东西：法国人、意大利人和西班牙人——都可以发现自己熟悉的词根，德国人——借助词语构成可以发现复杂概念的构成方式，波兰人——可以看见倒数第二个音节上的重音，而俄罗斯人——则可以觉察出句子中的自由词序。与此同时，由于每个民族固有的自尊心，所以，任何一种民族语言都永远不能成为国际语言。

“那拉丁语呢？”一个女孩胆怯地问道。

瓦连金很高兴地开始向她解释，没错，拉丁语具有中性语言的某些优点，但是，诸如从口袋里拿出手帕擦擦裤子，这样最简单的句子，它能构成吗？不能，因为古罗马人不穿裤子，更没有口袋，他们也不用手帕。用拉丁语只能讲“拿出来”和“擦一下”。拿什么呢？又用什么擦呢？

第一节课临近结束时，学完了字母，记下了12个单词。瓦连金跑到前面，提醒地说道：“世界语中的后缀-ин表示阴性动物：бово——公牛，бовино——母牛，патро——父亲，патрино——母亲。”

这时，后面一个戴墨镜的学生站了起来。斯维奇尼科夫还不知道这就是达涅维奇，而瓦连金和他打过交道，因为他戴着墨镜，起初并没有认出来。

“其实，有什么东西妨碍着，”这个学生说，“用мампо替换пампино吧？这个东西任何一个欧洲人都心知肚明。”

这个仿佛无伤大雅的问题激怒了瓦连金。

“滚出去！”他喊了起来。

这个学生耸了耸肩，走了出去，“砰”的一声关上了门。

“这个幼稚的年轻人提出的问题，”瓦连金在死一般的寂静中说道，“对于我们来说，同志们，完全不能接受。世界语——不是一台用一个技术上更合理的零件替代另一个零件的机器，它是一个活的机体，其中任何一个机体都不能用假肢替代。而无论假肢多么好……”

后来弄明白了，达涅维奇出现在课堂上，目的是给自己组织的*伊多语*校园社团招募一些思想幼稚的新手。那些*伊多语*的拥护者把自己称作*伊多语者*。1907年，一个名叫德·波弗朗的法国人根据世界语创造了伊多语，他认为，世界语中逻辑太多，情感太少，缺乏让最贫乏的自然语言变得生动的例外，因为例外源于规则——不是创建者的过错，但正如建墙人有意在砖墙上留下嵌着瓦罐的空隙，没有它，墙就会变得死气沉沉，不能产生回声。

“一个嘲笑自已父亲裸体的贱种，”瓦连金说到这个法国人，他把柴门霍夫视为父亲。西科尔斯基更喜欢调和两边，但对他而言，两种几乎相同的国际语言的存在似乎毫无意义，甚至有害。不过，斯维奇尼科夫还是去了达涅维奇组建了自己帮派的那所大学，在那里，人们向他解释说，试管里培育的小人最初无法生存，德·波弗朗取来一个身体变硬的软弱无力的漂亮尸体，摘除了所有多余的东西，用剩余部分制造了一个准备自我发育的婴儿，因为他的身体里生存着洪荒之力。很快，婴儿就会变成一个巨人，一只脚踏在乌拉尔，另一只脚则踏在比利牛斯山脉。

斯维奇尼科夫得知，伊多这个词在世界语中表示“后代”“后裔”，伊多语者用“матро”这个词来代替“патрино”这个词，伊多语中有非标准动词，形容词与名词也不用保持数和格的一致。构词顺序也更加自由，不像世界语那样受到约束。按照达涅维奇的看法，世界语是国际语发展的中间水平，而伊多语是最高水平，因为它不是来自各民族语的粗俗语言，而是源于世界语，正如夏娃不是用黏土做成，而是用亚当的肋骨所造。

斯维奇尼科夫对这些说法置若罔闻。对他来说，普及很重要，而伊多语者无法自夸其人数众多，全世界也只有300多人使用它，而在本城——仅仅4个人，况且在政治观点上他们都倾向于无政府主义。

世界语者们愤怒地表示，绝不与达涅维奇妥协，不过，斯维奇尼科夫进入俱乐部董事会之后，第一时间就表现出了忍耐，希望避免分裂，至少在地方层面的派系中保持世界语运动的统一。但是到了1920年春天，显然，这些都成了泡影。

达涅维奇首先展开了强制行动，与他所鄙视的柴门霍夫支持者挑起了一场论战。这样一来，所有人都被搅了进来，包括西科尔斯基、瓦连金一群人以及他身边的兰蒂分子和无产阶级世界语者。辩论会在大学里进行，最后以争吵不休而告终，这之后就完全中断了联系。在全体大会上，伊多语者被从俱乐部除名，然而，很快就有一些知识分子投靠到他们一边。达涅维奇热情地接纳了他们。这些背叛者借用德·波弗朗的作品为自己辩护，似乎他们深受其影响，但实际上，这不过是掩饰他们反对斯维奇尼科夫主张的一种借口。有些人不想参加第三国际世界语的翻译工作，斯维奇尼科夫梦想组成特别部队到波兰前线参加战斗，这一计划吓坏了大家。他提出这个方案以后，达涅维奇的阵营中又加入了三个背叛者。

这时，彼佳·波波夫领导的三个**涅波语者**站到了他的叛乱旗帜之下。

涅波语是莫斯科数学家费多尔·切希欣的杰作，这种语言也源自世界语，但与德·波弗朗的原则相反。在切希欣看来，柴门霍夫的理论缺乏逻辑，混乱不堪。与伊多语者不同的是，他保持世界语词汇量不变，但从根本上改变其语法。单词还是从前的，但以后应该按照切希欣创建的语法进行表达，而不是根据柴门霍夫的规则。斯维奇尼科夫对这种语言的名称百思不得其解，后来他明白了，непо这个词语在世界语里表示“侄子”之意。这种语言不像伊多语是世界语的直系后裔，而是它的旁系分支。

对于达涅维奇来说，柴门霍夫博士是个无趣的书呆子，并且带着书呆子的所有恶习。对于波波夫而言，他是邋遢的幻想家。很难想象，伊多语者怎么能与那些涅波语者结盟？但是，抛弃共同始祖的狂热愿望促使这两派结合起来。他们最终在这一点上达成了共识。实际上，根本无法弄清楚谁是右翼，谁是左翼。斯维奇尼科夫也弄不清楚，这个看上去似乎很简单的问题，却因为不知道应该首先与谁斗争而深感苦恼。

达涅维奇开始蛊惑巴结省执委会教育部的领导，后者被成功说服。结果，允许他前往以前的教会印刷厂，印刷100本伊多语宣传手册和讽刺柴门霍夫的传单。世界语的创始人已经去世三年多了，但是这些人仍然以他作为攻击的靶子，虽然没有他也就没有他们。在传单上，柴门霍夫被画成大腹便便的中国佛爷，成了充气娃娃，需要世界主义者在身后用打气筒给他打气。波波夫和达涅维奇在大学里四处张贴这些传单，小册子被送进图书馆，散发到技术学校和初级中学，甚至送到了制炮厂。

6月末，斯维奇尼科夫再也无法忍受了。给省执委会秘书处发去公函，要求制止这种破坏无产阶级事业的恶意宣传。

“对于许多国家的工人来说，”他在公函中写道，“这些国家处于资产阶级的独裁统治之下，因此，‘世界语’俱乐部往往成为无产阶级组织的唯一合法形式。在苏俄以外的地方，世界语被称为布尔什维克语，而伊多语，尤其是涅波语，只在喜欢钻研理论的狭窄大学生群体里得到了推广。不必因此惊慌失措，但也要注意，达涅维奇和波波夫给世界语者带来了混乱影响。他们的行为在客观上导致世界语运动的分裂，他们是在给世界革命的敌人加油鼓劲。”

控告信写到了第二页，在结尾处，斯维奇尼科夫又补充一点:“上述语言的支持者中普遍存在一种强烈情绪，这些情绪表达了对苏联世界语组织中犹太势力占统治地位的强烈不满。”

在各种造谣中伤的传言中，最后表达的这种观点令人无法反驳。

斯维奇尼科夫一年前因参加战斗来过的那座城市，沿着卡马河左岸向前伸展。在城市这一段，河水和缓，河岸笔直，好像用绳子测量后挖掘而成。市中心的房屋都是木质的，不过，按照叶卡捷琳娜女皇的规划，这个被上帝遗弃的地方竟然塑身成了彼得格勒的复制品。街道横平竖直，或者与卡马河平行，或者与河岸垂直，彼此垂直相交，距离相等。每个街区都是一个正方形，甚至拐角处都特意弯成直角。

垂直于卡马河的那条街道，通过城外的关卡立刻就转向了贸易街，这些街道都用地理方位命名，旅行者按照它们指示的方向，都能够顺利抵达目的地，无一例外。

沿着河岸行走的街道是按照坐落其上的教堂命名的：耶稣升天街、复活街和圣母街。因为教堂数量比街道少，所以也有例外。

坐标交汇的网格，如同地球仪上的白色格子，在一个平面内两个平行空间奇迹般相互融合——尘世与天堂。交叉点上有已经荒废的自来水管。瓦连金与家人就住在这样的地方，是位于圣母街和索利卡姆街交汇处的一个偏僻小木屋。

开门的是他的妻子米拉，这是一个头发蓬乱的犹太女人。在世界语者的心目中，她与真正的女性形象相距甚远，相比伊达·拉扎列芙娜的窈窕身姿和海水般的瞳子，更是天壤之别。意识到这一点，米拉经常跟丈夫一起参加俱乐部会议，虽然她不可能学会世界语，但还是寸步不离地陪护丈夫回家。

“米哈伊尔·伊萨耶维奇不在家。”她说。

“他什么时候回来？”

“应该再过一会儿，他4点钟下课。如果您愿意，可以等一等。”

餐厅里，一个5岁左右的女孩和一个稍大些的男孩正在喝茶、吃面包。斯维奇尼科夫认出来，这个男孩在昨晚的哑剧中扮演那个用刀砍割铁丝网的角色，目的是让被囚禁在铁丝网里的国家像兄弟般围绕在一起。

另外一个房间几乎如火车包厢般狭小，只能勉强放下一个书柜、一张桌子和一把椅子。

“这是米哈伊尔·伊萨耶维奇的书房。我想，您可以在这里找到想读的东西。”米拉说。

从声音中，可以听出她对丈夫的自豪感，丈夫读过所有这些大部头书籍，而她自己则嫁给了这样的人。柜子里装着150多本书，对她来说，这可是个天文数字。她似乎认为，瓦连金从这里学到的知识，那是他们家庭的共同财产。

斯维奇尼科夫要了一杯水。两分钟后，他就得到了他想要的，果然不错。没有给他上茶。扭着脖子，他开始察看书柜里的书。从灰白色到绿色，按照书的封面颜色排放的各类出版物，单独占据了一个书架。这些出版物寒酸而又可怜，但上面露出的书签流苏表明，它们是主人藏书中最为珍贵的宝藏。其中只有3本精装书：柴门霍夫的《世界主义基本原理》，他翻译成世界语的《旧约》和《世界语—俄语词典》。

其余的书仅从书脊不得而知，只有拿出来才能知道其名字。仔细察看之后，斯维奇尼科夫找出了一本，被书签撑得变了形，第一眼就猜到了：阿尔菲里耶夫的《世界语正字法12课》。1914年“阿米卡罗俱乐部”出版，彼得格勒，施巴列尔街11号。

打开书，翻了几页，没什么好看的。内容与标题完全一致，然而，他始终无法摆脱一个念头：在斯特凡军校的院子里，伊达·拉扎列芙娜发现的手枪是瓦连金给她的。当时没有人比她离他更近。

顺便需要解释一下，амикаро（世界语——译者注）这个词是什么意思。查看词典，里面解释说：“世界主义的重要概念之一，字面翻译过来的意思是亲爱的朋友们。它属于那些无法准确译为民族语言的词汇。амикаро——志同道合者的友谊，这些人观点一致，心灵相通。他们之间在目标与意义上的联盟，如同男人与女人的结合，彼此相爱，共同抚育孩子。”

字典的书页之间夹着几张纸片。这是一些草稿，来自某些文章、摘要、引文，还有给初次演讲人的10条建议（说出引文，不要照着读。抓住对方论题的偏差。发言时不要受到无关干扰）。有一张纸，上面的内容写得密密麻麻，修改得乱七八糟，他的眼睛突然被自己的名字吸引住了：斯维奇尼科夫。还没来得及看到下面的内容，就看到了自己的名字。

这是一份草稿，应该递交某个地方，它对俱乐部董事会主席的选举可能产生影响。瓦连金认为，这个过程不能被忽略，因为可能会选举斯维奇尼科夫，而“斯维奇尼科夫同志的一系列行为和声明败坏了自己的名声，只有他身边狭小圈子里的人才知晓这些”。正是斯维奇尼科夫传播了一个“毫无根据的神话”，这是有关举旗起义的无产阶级那个五角星图形标志的起源问题。他认为，五角星源自世界语的五角星，只是由绿色变成了红色，然而，这两个标志之间没有任何关联，它们都基于“地球上存在着五个大洲”。他擅作主张，没有征得其他董事会成员的同意，主动与波兰世界语者通信，在与波兰地主贵族进行战争的情形下，普通世界语者不能与波兰世界语者通信，而董事会成员则更为不妥。他坚持要与伦敦的弗里德曼和厄尔特银行保持联系，这同样令人担忧。原因可能是，筹集资金用来组建一支世界语者特别部队。这样的部队被斯维奇尼科夫用作自己的“近卫军”，这很危险，他会利用它来“消灭所有不合心意的人，并在国际世界语运动中建立起个人的独裁体系”。

选择的第二个目标是西科尔斯基。他的候选人地位同样引起瓦连金的“一系列强烈反对”。据说，西科尔斯基最近脱离了“左翼世界语者团体”，开始与地方小团体合作，并表达了“接近民族主义的观点”——这明显反映在他翻译的佩切涅格-盖多夫斯基的小说《命运之手，抑或绿色人之死！》中。西科尔斯基对世界语深感失望，但他隐瞒了这一点，并希望继续担任充满“商业气味”的董事会主席一职，因为他需要钱来支付儿子的医药费。然而，我们有理由怀疑他涉嫌贪污口粮和会费，所有上述这些无耻行径，使“西科尔斯基继续担任这一重要职务无法令人接受”。

在这张纸下面，是另一张用打印机打的报告，标题是《世界主义基本原理》。或许里面还有某些不为外人所知的东西，但已经没有时间查看了。斯维奇尼科夫听到门外传来脚步声，于是急忙将这份报告塞进了口袋。

“我真搞不懂，他人在哪里！”米拉抱怨，“我真是开始替他操心了。”

担心的原因很清楚。她担心自己的丈夫是否被引诱进了某个荡妇家里。这个地方就藏在“蚁穴”寄宿学校楼梯下方的一个小屋中。就在昨天，斯维奇尼科夫带着一颗纯真之心安抚她，并告诉她，不会再让瓦连金去那里，然而，这种自信今天就不见了。

他拿出伊达·拉扎列芙娜捡到的那把枪，故意拿着枪管而不是枪把，否则让人感觉自己过于吓人。

“这是米哈伊尔·伊萨耶维奇的枪吗？”

“上帝保佑！”米拉吓得一哆嗦。

跟她说不明白任何事情，斯维奇尼科夫决定不再等下去，道别之后便去了索利卡姆街。

在这一地区，木板栅栏中间夹杂着木头杆柱，乡村木屋彼此相连，紧挨着用粗面石或灰泥罩面的普通低矮砖房。半地下室的窗子里，盛开着鲜红色的天竺葵，羽毛上有墨水标记的小鸡在院子里到处觅食。

卡扎罗莎的身影仿佛就在身旁。

“我以前在那儿见过他。”昨天，她曾经这样小声说，同时转身向后张望。

瓦金可以排除，可那里还坐着达涅维奇、波波夫和奥西波夫。

2

到“河畔”宾馆要坐7站电车，前6站，瓦金是乘坐电车，最后一站地，他下车步行，为了整理一下自己的思绪。所有的想法都集中在一点上：如果门卫问他为什么要去304房间，他该怎么说呢？这可是城里最好的宾馆，听说，这里有各种当地美食。这里不接待普通旅客。要是不让他进去怎么办？

往房间打内线电话也能解决问题。可是，一旦出现最紧急的情况，他的姓氏对斯维奇尼科夫不起作用，而他不愿意给行政当局或通行证处打电话，让他们给瓦金开张通行证，到时该怎么办呢？

然而，门卫并没有阻拦他。

决定不坐电梯，而是步行上了3楼，在缓步台上喘口气稍作休息。敲门的时候，他的心在狂跳，但里面没人。他下楼回到街上，迎着风在宾馆门口站了半个多小时，然后吐了口唾沫，乘车回家了。

傍晚时分，编辑部派瓦金到省委送明天将出版的报纸的清样。当审查文字的时候，瓦金独自一人坐在走廊里，读着娜佳撰写的通讯稿《压迫之下》，让他先睹为快的条件是，即便他不喜欢也不能说。她周围的人都在写东西，而娜佳也决定不再犹豫，投身于这股生活的时尚潮流。

通讯稿中，娜佳讲述了这样一个故事，以自己为原型塑造的中学生塔妮娅，在鄂木斯克政府专制统治下饱受苦难，以自身经历反映了高尔察克统治的白色恐怖。有一次，因为一个红色蝴蝶结，她被赶出教室，实际上那个蝴蝶结是暗红色；还有一次，在双重威胁下被迫购买了一张慈善戏剧票《好景不长》，尽管塔妮娅讨厌这种虚伪表演。还有这样的事，她和女伴们挨家挨户为军医院收集瓶子用来灌热水，为寒冷天气中的伤员们取暖。中学生们跟在她们身后，用“瓶塞和瓶子”隐晦暗示“男女间的肮脏关系”。这之后，塔妮娅哭了整整一个晚上。在这个“蔑视一切光明和纯洁”的可怕年代，对于大多数人来说，这个脆弱姑娘是“纯洁理想”的化身。在军事体育俱乐部里，她的形象给中学老师留下了难以忘怀的印象，堕落的中学生K甚至扪心自问，承认“无法表达的悲哀笼罩着塔妮娅的面容和整个身体，它来自对人类巨大苦难的深刻意识”。

7点钟左右，瓦金回到了编辑部。编辑坐在他的办公室里，娜佳在等他，其他房间都空无一人。他把修改过的清样交给编辑，签上名送到印刷厂，然后又回到了二楼。他不在的时候，达涅维奇戴着那副眼镜，又来到编辑部。他背对房门，面朝娜佳。进屋的时候，瓦金听到了她的声音：

“褐色的？”

“不是。”达涅维奇回答说。

“天蓝色？”

“不对。”

瓦金立刻明白了，这场他没有参与其中的对话内容是什么。在大学时，他通常是这类对话的见证人，可以说，这与其他谈话并无区别。通常，达涅维奇会在新生里找到一些头脑简单的人，看看他是否有钱，然后提出打赌——有三次机会猜出达涅维奇墨镜后面的眼睛是什么颜色。这些老实人同意了，丝毫没有怀疑，这是一个不可能完成的任务。显然，娜佳也上了当，并且已经用掉了两次机会。

“绿色的？”

“不对。”

没等瓦金上前搭茬，达涅维奇就以胜利者的姿态摘下了眼镜。他的一只眼睛是绿色，有着猫眼一般的色调，而另一只——完全是黑色。

“你们赌了多少钱？”瓦金询问。

“200卢布。”

“算了，给100吧。”

“为什么？”达涅维奇显得很生气。

“她猜对了一只眼睛，所以就给一半钱嘛。”

面对这个巧妙而简单的解决方法，达涅维奇无法提出异议。收下100卢布，他打开公文包，从里面取出一本灰色的薄薄小册子，把它递给了娜佳。

“不让你白花钱。这里面阐述了我们这个运动的基本原则，我们就是为了让*伊多语*成为唯一的国际语言而奋斗。”

瓦金替娜佳接过了小册子。

“如果一个人不是白白得到，而是用自己的血汗换来，他更有可能读完它。”达涅维奇拉上公文包，解释道，“我现在需要见见斯维奇尼科夫，他在哪儿？”

“今天他不在。”娜佳打断他的话。

达涅维奇离开之后，娜佳问道：

“怎么样？看完了吗？”

“看完了。”

“你不做评论，我就认为，你不喜欢这篇通讯。”

“有些地方写得不错。比如，塔妮娅站在卡马河的陡岸上，心里在想，要是她有一双翅膀，她就会纵身往下一跳，远远地、远远地飞离那些缠绕着她的种种痛苦。”

“那你喜欢其中的什么呢？”

“非常真实地传达出了年轻女孩的心理。”

“我尽可能写得真实。”娜佳说。

“你就要做到这些了。如果你还记得那首歌，就会更加自信……还记得吗？你对我说过，你和女孩们在晚会上唱的那首歌？”

瓦金低声哼唱起熟悉的曲调：

从喀朗施斯塔得岛后面
朝着辽阔的涅瓦河
划出了许多的小船，
布尔什维克坐在船上面。
最前方的船上坐着列宁
身边有柯伦泰夫人

共同庆祝新的婚礼，
把俄罗斯卖给了犹太人。

“其中，”他回忆说，“最后一行写得尤其好：

香粉雨点般地撒落
永远年轻的柯伦泰夫人。”

“和她们在一起，我并没有唱这首歌。”娜佳否认道。

“真的吗？”

“我只是张着嘴而已。”

“为什么？”

“不让人看出跟大家不一样。”

“这篇通讯说的不是你，而是塔妮娅。你可以这样写，当她的朋友在她面前唱这首歌时，她对她们说了一些尖锐大胆的话。这完全符合她的性格嘛。”

“是的。”娜佳表示同意，“对了，我当时还有勇气告诉她们，我不喜欢高尔察克那样的男人。身形瘦小，皮肤黝黑，大鼻子。完全不是我喜欢的类型。当他和盖达将军一起下车的时候，我还以为盖达是高尔察克，而高尔察克是盖达。”

去年1月，海军上将前往前线途中，顺路来到这座城市，马林斯基中学的女学生们都站在斯帕索-普列奥布拉任斯基大教堂的大门口迎接他。女孩们站在大主教的房子旁边，手里拿着白绿相间的西伯利亚军队的小旗帜。这两种颜色象征着白雪和森林。当鄂木斯克准备设立复兴西伯利亚勋章的时候，勋章的材质应该选用白银和孔雀石。

广场和周围街道人潮涌动，围得密不透风。士兵的靴子踩在被压实的雪上发出刺耳的咯吱声。为了取暖，人们在地上不停地跺着脚。只有身穿复活节长袍的神职人员站在那里一动不动。

终于，传来了汽车马达的声音，马路上响起众多马蹄践踏雪地发出的碎裂声。响起了命令，西伯利亚步兵们一动不动地肃立在原地，人群也立即安静下来。四名骑手从山上飞奔下来，紧随其后的是一辆轰隆作响的汽车。旁边跟随着半个骑兵连的哥萨克卫兵，他们个个头戴黑色的翻毛皮高筒帽。教堂前面和侧面的哥萨克骑兵开始向后退缩，突然间勒住了马，地上扬起阵阵尘土。这时乐队奏起了乐曲《锡安的荣耀之主耶和华》。这首博尔特尼扬斯基的曲子，在布尔什维克入主克里姆林宫之前，一直是由斯帕索钟楼上的自鸣钟演奏。由于没有更好的选择，高尔察克将这首曲子临时当作国歌。

司机在教堂外的红地毯旁将汽车停下。哥萨克卫兵随即聚拢过来，迅速而又熟练地在汽车旁围成一圈。在乐曲伴奏和震耳欲聋的欢呼声伴随下，这些骑马人在雪地上来回奔跑，在广场上排成整齐的队列，看到这个情形，一股冷飕飕的兴奋让瓦金心头一紧。其实，与这类似的感觉一年前在他身上也出现过，当时，一列挂满红旗的“劳动人民保卫者”号装甲列车，在大学附近的铁路上缓缓驶过，列车上的大炮已经脱下了炮衣，乐队在站台上演奏着《国际歌》。

娜佳重新打印编辑交代的急件，这时，瓦金翻开了达涅维奇的那本小册子：

“1907年，世界语代表团齐聚巴黎，其中包括12位杰出学者，他们代表了当代科学的全部领域。其中，有来自丹麦的伟大语言学家O. 佩尔森和来自俄罗斯的И.А. 鲍登·德·库滕埃。代表团审查了几个提案，并且在库丘尔参与下，以记名投票的方式将德·波弗朗创建的伊多语作为国际语，而不是选择了大多数人所期待的世界语。人们认识到，在众多人造语言中，只有伊多语可以用作国际语，因为它简单易学，同时语义又非常丰富，能够表达出人类情感的所有细微差异。”

下面，展示的是各种引文。

鲍登·德·库滕埃所言：“代表团所做的工作，有些类似基辅大公弗拉基米尔时期宗教选择的著名程序……”

佩尔森认为：“1894年至1896年期间，柴门霍夫博士本人两次提出非常激进的世界语改革，不过，他的亲密伙伴们阻止了他的改革计划。他所提出的众多改革方案，都与波弗朗的理念相符（例如，用-e代替-au，取消复数词尾-j，合理地替代最高级，等等）。作为一个自学者，柴门霍夫博士……”

有种奇怪的感觉，似乎他现在所读的一切，某种程度上都与卡扎罗莎有关联。她的名字就很像这些词语，同时，又仿佛是没有名称的某种东西的影子。

“……柴门霍夫博士屡次表示，只要能将他创建的语言作为世界语，他同意各学科组成的委员会对其进行全面改造。但是，1908年1月，事先没做任何解释，他突然断绝了跟委员会的所有联系，同时声明，世界语不应当有任何改变。”

然后，是德·波弗朗的简历，照片下面是他的格言“更多例外——就是我的规则”，还有一些“名人”对*伊多语*的祝福话语，这些人的名字瓦金从没听过。当斯维奇尼科夫出现的时候，他已经开始看最后部分的《伊多语者须知》。

“两个小时前就走了。”回答完有关奥西波夫的问题，娜佳又开始低头敲打打字机上的键盘。

“去哪儿了？”

“他没告诉我。”

“卡扎罗莎昨天带了个手包，”瓦金说，“它在我家里。”

没等斯维奇尼科夫回答，达涅维奇冲了进来，跑得气喘吁吁。

“尼古拉·格里戈里耶维奇，”他在门口喊道，“我在外面就一直喊您，您没听见。我们需要谈一谈。”

“你说吧。”

“最好到那边，”达涅维奇向隔壁房间点了一下头，那里现在一个人也没有。

斯维奇尼科夫朝隔壁房间走去，同时对瓦金说：

“等一下，我马上就来。”

第九章 受害者

1

他们沿着共青团大街，也就是原来的昆古尔大街，来到圣母街，现在称作列宁街，接着坐了一站电车，然后下车在剧院附近的街心公园里散步。这里以前有很多商店，不过早就被拆除了，原地栽种的白杨树如今看上去显得有些苍老。他们7点钟左右回到宾馆。斯维奇尼科夫想邀请玛雅·安东诺芙娜一起去餐厅吃晚饭，但被她婉拒了。他自己一个人吃完后，就上楼进了房间，一进门电话铃就响个不停。女儿从莫斯科打来了电话。

“你身体还行吧？”她问。

“还凑合。”斯维奇尼科夫说。

女儿不信。

“我听声音就知道，你在骗我。”

他不想争辩，没有说话。女儿转移了话题：

“你没忘了，今天是妈妈的周年祭日吧？”

“没有。”

“我去了骨灰堂，石板上的字需要重新涂描一下。什么颜色好些，金色还是黑色？”

“银色的不行吗？”

“不行，他们只有金色和黑色。”

“那你看着办吧。”

“我和埃洛奇卡·瓦尔塔尼扬一起去看了妈妈。她说，米洛奇卡冬天就去世了。”

埃洛奇卡和米洛奇卡都是妻子的朋友。她称她们是熟人。在伦敦的时候，妻子生活很封闭，一回到莫斯科，突然间变得非常喜欢交际。家里总是人来人往，都是邻居、裁缝、中学同学和培训班的同学，这些人在彼得格勒时无影无踪，在莫斯科时重新现身了。妻子对这些人讲述在英国的所见所闻。尤其经常聊起一件事，她是如何发现1岁女儿的保姆干坏事。有段时间，女儿变得痴呆，不会笑，也不爱玩玩具。

妻子怀疑出了什么问题，于是开始监视保姆。原来，这个狡猾的老姑娘往牛奶瓶里掺了威士忌，这样一来，孩子就不会哭闹，还能一直昏睡，而她却在旁边安静地看书。“知道她在读什么吗？”妻子停顿了一下，接着说，“是《圣经》！”她厌恶地说出“虚伪”这个词，好像生活中从未见过比这更可怕的事情。

妻子只好通过手势跟保姆进行交流沟通，在商店里，她说的话别人也听不太懂。回到莫斯科，她在公开场合与斯维奇尼科夫只讲英语，就像是一对相爱之人发明的秘密语言，也只有他们自己能听懂。他经常发脾气，生气恼怒，不搭理她。

妻子的骨灰被放在一个陶瓷罐中，陶罐——封在顿斯科伊公墓的混凝土墙壁里。标准壁龛能装下不止一个这样的罐子，而且石板上也留足了空间，方便日后刻上第二个人的名字。斯维奇尼科夫不希望看到罐子在土里腐烂。这种看起来就令人闹心的过程，让活人的生活变得恐惧和无聊。他这个年纪的人都偏好火葬，虽然不是明火，但好歹是从顿斯科伊火葬场的煤气炉中喷出来的火焰。

“你什么时候回来啊？”女儿问道。

他告诉了女儿抵达的日期、时间、车次和车厢号。

“我开车去接你。”她说。

“不用，我自己能过去。”

“不行，我去接你。回头见。”

“回见。”

“我不喜欢你跟我说再见。来，亲我一下。”

斯维奇尼科夫浑身一阵颤抖。原来，这是从她母亲那儿学来的。最近几周，女儿知道这是避免恐惧来临的唯一方法：亲我一下！亲我一下！

“好的，亲你。”说完，他撂了电话。

“作为开头，”达涅维奇开口说道，将两条腿放在椅子上，椅子上方挂着“请脱帽”的警示牌，“我想问一个问题。您是否知道，柴门霍夫曾两次提出针对世界语进行彻底改革的计划？而世界语者们却隐瞒不说。”

“继续说下去。”斯维奇尼科夫说。

“您是否知道，他的计划很多方面与德·波弗朗的理念相一致？”

“你说只问一个问题，这已经是第二个了。”

“不是第二个，而是第一个问题的后一半。”达涅维奇狡辩说，“总之，如果可能的话，请解释一下，为什么柴门霍夫不接受**伊多语**，这种语言已经实现了他自己的构想。”

“因为世界语不是一台零件可以随意替换的机器，这是一个有生命的机体。比方说，你不喜欢自己两只颜色不同的眼睛。我们摘除一个，换上一个玻璃眼球，跟另一只眼球颜色相同。你就变成了一个小美男子。你同意这么做吗？”

达涅维奇皱了一下眉头。

“您说的是瓦连金说过的话。这是繁琐哲学，事情其实更简单。等到世界语开始暴露出缺点之后，柴门霍夫完全受到身边人的影响，成了这些人的傀儡。他们大多数人是犹太人。他们不愿意放弃犹太人操控世界语的权利，而是通过语言操纵其他所有东西。”

“你自己不就是犹太人吗？”

“正因为这样，没人会怀疑我持有偏见。”

“说完了吗？”斯维奇尼科夫问，“不想再说些什么吗？”

“还想。是这么一回事……昨天在斯特凡军校开枪的，不只那个学员一个人。他当时在过道旁边坐着，突然间从窗外传来一声枪响。”

“哪扇窗户？”

“从舞台算起，应该是距离最远的那扇。”

“还有谁站在那儿？”

“瓦连金。”

“他朝卡扎罗莎开枪了？”

“没有。”

“那朝谁开枪？”

“我。”

“为……什么？”

“瓦连金瞄的是我，但没打中，打中了她。她是个意外的受害者。”

斯维奇尼科夫用手指指在太阳穴处环绕了一圈。

“这是您的事，”达涅维奇说，并无冒犯之意，“您可能不信，但这是真的。他身上带了一把枪。”

“你看见枪了吗？”

“没有，那他也不可能用手指头射击呀！那个学员开始用左轮手枪射击，他便利用了这个机会。”

“等一下！如果你坐在后面，而她在舞台上，他瞄准你射击，子弹怎么会打中她呢？”

达涅维奇摇了摇头，一脸认真严肃的样子，一个刚目睹过死亡的人有权这么做。

“卡扎罗莎站到舞台上之后，我朝舞台走近些，想看得更清楚，但没来得及坐下。开枪的时候，我刚好在她和瓦连金之间。”

“那你怎么发现子弹是从窗户那边飞来的？”

“波波夫后来告诉我的。”

“他看见瓦连金拿出手枪射击了吗？”

“我可没这么说。波波夫注意到，瓦连金旁边的窗户有亮光一闪。而他想射击的人只能是我。”

“因为你是伊多语者？”

“嗨，因为这个他才不会这么干呢。有更重要的原因。”

达涅维奇从包里拿出来一本很薄的10页纸的小册子，递给了斯维奇尼科夫，册子的封面是牛皮纸。

“这是柴门霍夫文章的译文，上面有瓦连金的评语。是我们一个同志从莫斯科寄来的。”

“这上面没有瓦连金的姓氏嘛。”看了一眼后，斯维奇尼科夫说。

“嗯，当然没有。作为伟大导师的普通学生，标在了最后一页上。”

作为作者，封面上只有柴门霍夫本人。下方——书名：《世界主义基本原理》。

“这是他自创的宗教，”达涅维奇解释说，“我在上面最重要的地方做了标记。我们可以从这些地方开始谈谈。”

趁着他抽烟的间隙，斯维奇尼科夫读完了做标记的第一个段落：

“无论犹太复国主义、自由主义还是马克思主义，它们都无法彻底解决犹太人的问题，除非这个受到诅咒的问题的基础和根源被摧毁——虚假的民族石棺注定了，我们就是远古民族遗留下的木乃伊化的尸骸。在两千年的历史长河中，我们无法像其他民族那样进行自然进化，它迫使我们永远徘徊在天空与大地之间，阻止我们在大地上的任何一片土壤中落地生长，我们注定永远都是一群漂泊的异乡人，处处遭受诅咒，在所有民族和国家的机体内，我们都无法被接纳，而且是难以融入其中的异物。打破这种僵局的唯一方法就是直接回归中立的土壤，所有的国家早晚都将汇聚于此……”

“接下来的内容您可以跳过，”达涅维奇说，“核心思想在于，犹太人应该否认自己的犹太身份，同时也不能假冒其他国家的人。他们需要接受一种新的宗教——希莱尔主义。”

“这是什么东西？”

“像是一种从所有宗教中挤出的大杂烩，得名于某位叫希莱尔的拉比。他生活在几乎耶稣基督圣诞的时代。他的教义包括三点：第一，世界由上帝来统治；第二，基于自己的良心之声，人才能够听到它的旨意；第三，这些旨意的本质就是：己所不欲，勿施于人。谁认同这三点，谁就是希莱尔教徒。就像牛的哞哞叫声一样。”

“因为……”斯维奇尼科夫匆匆浏览完一处不重要的内容，然后说，“由于人性的软弱，抽象思想如果没有具体形式，很容易被人遗忘，新式宗教需要赋予某种醒目的外观形式——成立希莱尔主教公会，设立仪式，建造教堂。”

下面是星号所指的脚注内容：

“这类教堂中的神职人员或女祭司，应该由面容姣好、嗓音悦耳而且掌握世界语的漂亮年轻女性担任（瓦连金所注）。”

“最主要的，从柴门霍夫的观点来看，这种宗教的长处——绝对的中立性，”达涅维奇评价说，“不论德国人还是巴布亚人，都可以加入，没有差别。”

“成为希莱尔教徒之后，”斯维奇尼科夫读道，“我们犹太人将不再是蝙蝠一般的生物，因为人们自己还弄不清蝙蝠到底属于哪种动物，所以大家都很鄙视它们。希莱尔教将是解决犹太人问题的一种简单而实用的方案，同时也将为人类历史上一个崭新的光明时代奠定基础，并成为全人类团结友爱的基石。希莱尔教的创立将是犹太民族伟大历史使命的终章——在自我牺牲后，将从地球上永远消失，成为全体人类共同的起源。”

“当然，希莱尔教徒应该只能用世界语讲话，”达涅维奇嘴角现出狡黠的笑容，“因此，柴门霍夫将其称为中性语言。他所说的**辅助性**，只用来转移人们的视线，这是犹太人惯用的伎俩。”

他指了一下书页。

“您再读一下这里就行了。”

“没有一个民族能够为追求全人类的统一而长期奋斗，”斯维奇尼科夫读完之后说道，“18世纪末，法国人非常热衷于全人类充满兄弟情谊的思想，也很快放弃了这种想法，而来自不同民族的个别人士，他们追求这种全人类充满兄弟情谊的思想，更是显得弱小而分散。为了实现这一理想，历史选中了一个民族，将其从土壤中拔出，抛撒在世界的每个角落，迫使这个民族经历可怕的痛苦，并告诉它：摆脱不幸的唯一出路就是我赋予你的使命——成为人类之源。”

“我希望……”达涅维奇总结道，“现在您知道了，世界主义——不过是希莱尔主义的别称，更为方便的称呼而已。”它更好地掩饰了这种教义的秘密实质。而这个实质就在于，通过消除所有其他民族的差异来解决犹太民族问题。很自然，世界主义者们有意掩饰这一点。

“啪嗒”一声，他用力将烟蒂弹出窗外，接着补充道：

“前几天，我给瓦连金看过这本册子。他马上就意识到，我什么都明白了。”

“于是就打算杀了你？”

“他别无选择。他知道，我不可能闭嘴不说。”

“既然这样，他可以找个更合适的地方嘛。剧场里到处都是人。”

“是的，”达涅维奇也认同这个说法，“不过看来，他认为这种机会千载难逢。黑暗中没有人会发现。”

“我看这样吧，”斯维奇尼科夫想了想，然后说，“我现在很忙，晚上你和波波夫去一趟斯特凡军校。11点钟左右。你们指认一下，当时谁站在什么地方。”

达涅维奇点了下头。

把小册子还给他之前，斯维奇尼科夫又读了另一段他没做标记的段落：

“欧洲的主要民族，也就是英国人、法国人、德国人和俄国人，可以用握在一起的四个指头打比方——大拇指、中指、无名指和小指，而犹太人——则是第五根指头，就是那根与其他手指分开的食指，它为全人类指明方向。”

2

在家的时候，瓦金发现儿媳又偷偷打开他书桌的抽屉，从退休金里抽走了10卢布。她总是在每次发工资前就把钱花光了。让人生气的是，她也不说是借，拿钱的时候不打招呼，瓦金让她别这么做事。可要是瓦金真的生气了，她就会厚着脸皮说：

“您一切都是吃现成的，还要钱干吗？”

结果瓦金大声喊叫，气急败坏地摔门，然后坐在自己的房间里，双手紧紧捂着太阳穴，不停地大声喊叫，好让大家都能听见：

“赶紧给我滚开！见鬼去吧！”

到了晚上，儿媳过来恳求原谅。就同之前的每次情形一样，他感动不已，于是决定把关系一劳永逸弄明白。为了能解释清楚，原谅她并忘掉这一切，他开始细数以前受的委屈，儿媳也跟着回忆起往事，开始列举自己对他的一些要求，而他好像总也做不到。在和解的关键时刻没有克制住自己，瓦金再次喊叫起来，一切重蹈覆辙，录音机发出巨大声响，每当遇到这种情况，孙女就会把录音机音量调到最大。

奶奶坐在桌旁，喝醉了，衣衫不整。格尼卡的母亲为了对奶奶的茶叶渣表示谢意，请她喝了自家酿的啤酒。当瓦金把斯维奇尼科夫领进房间的时候，她宣布说：

“小伙子们，现在我给你们献唱一曲。”

瓦金把她搀扶到帘子后面，安顿上了床。从那边，传来了她的歌声：

我没有伙同父亲谋……害母亲，

为什么我要前往他处服苦役？

我终于爱……上了一个大学生，

和他一起从事秘密革命活动。

“嘿，你们听！”斯维奇尼科夫颇为惊讶。

“这是一首革命歌曲哩。”奶奶在帘子后面说，接着又唱了起来：

哦，我的小金丝雀儿，
千万不要飞得太高！
我自己心里早就知道，
把我们送到遥远地方。

我们被送到西伯利亚，
那有叶尔马克的坟墓。
上面的石子非常沉重，
足足有着九十六普特。

为何如此沉……重……

她停下了，问道：

“为何如此沉重，你们知道吗？”

斯维奇尼科夫谦虚地表示不知道，而瓦金引用了《飞船》中的一句诗：

一块重石压在上面，

使他无法逃出坟墓。

“这是莱蒙托夫写的，关于拿破仑。”斯维奇尼科夫提醒道。

“没啥区别。”

躺在床上的老太太解释道：

如此沉重的原因在于，

叶尔马克是强大战士。

“他一旦爬起来，就会把所有人的脑袋拧下来。不管是布尔什维克的人，还是高尔察克分子都要倒霉。”做完总结，她不再说话了。

瓦金把盖在文件下面的女士手包拿出来，放在了桌上，走开来到窗前，留下斯维奇尼科夫，让他一个人面对有关卡扎罗莎的所有最重要的东西。所有关于她作为女人的个人隐秘，都在这个漆皮手包里。娜佳就是这么认为的。

瓦金把通讯稿《压迫之下》还给了她，作为回报，他收到了一个笔记本，里面记载了她的所有读书笔记。娜佳心里想，应该让他觉得，自己早已做好了思想准备，瓦金可以继续指导她进行阅读。

第一则笔记写于1918年1月，内容如下：

“我非常痴迷马罗夫斯基的《娇小女士》。一生中，这是我遇到过的第二部令人爱不释手的好书。第一部是三本书，是阿维里亚诺娃的三部曲：《伊琳娜的幸福》《生命的曙光》和《春日童话》，但我更喜欢《娇小女士》，因为我在女主人公菲娅·德尔-瓦的身上看到了自己的影子。就像我没有父亲一样，她也很早就失去了双亲，和监护人姑母生活在一起，有时，监护人换成丹堡伯爵。他今年37岁，几乎可以给一个18岁的女孩当爹。伯爵有未婚妻，但并不爱她，却疯狂地爱着菲娅。她更是迷恋着伯爵，除了姑母外，没有别人知道。然而，两人在这段感情中纠缠不清。她确信伯爵还爱着自己的未婚妻，而对方也认为她已经爱上了瓦西里公爵。因为爱情混合着嫉妒，所以二人都变得神魂颠倒，但彼此都埋藏在心里。最终，伯爵发觉，在未婚妻的心里，他仅仅是个充当门面的钱袋子，于是，便跟她分手了，这之后也就愈发爱着菲娅。眼看他就要继承巨额遗产了，条件是他结婚之后。菲娅满腔热情地求伯爵娶自己过门以获得遗产，然后再离婚。她认为伯爵仍然爱着原来的女人，因为他的未婚妻跟所有人都说，解除婚约的不是伯爵，而是她自己。当然，伯爵是最幸福的人，可婚礼过后，菲娅对他表现得更加冷静克制，因为女仆私下跟她说每晚上床睡觉的时候，伯爵都要亲吻前未婚妻的照片。反过来，伯爵也深信她无法忘记瓦西里公爵，因此不敢亲近妻子。夫妻两人自然是分房而睡。无奈之下，菲娅含泪给姑母写了一封信，要求把自己送进修道院。姑母亲自上门与伯爵面谈，把菲娅的这封书信转交给了他，从信中，他了解了妻子的整个内心世界。他立刻来到妻子面前，两人说着心里话，彼此敞开心扉，互表衷肠。原来，伯爵睡前亲吻的那张相片，上面就是菲娅本人。”

邻居家的山羊比利卡在街对面的篱笆下面低头啃草，头上的犄角折断了。现在，就算知识分子家庭也不觉得养头牛是件丢脸的事情。这样不仅孩子们有奶喝，还有奶酪、黄油、酸奶油可以吃。瓦金也熟悉酸奶油加在春季荨麻汤里带来的那种美味。

牧羊场，以前是亚历山大一世花园，这是羊群活动的中心。那里养着几十头羊，随便找个地方用绳子拴起来就行。有时，年轻的主妇手拿着树枝儿站在一旁看护，实际上，山羊很少被偷。它们都能找到回家的路，并不比猫差，所以，一般都是完全放养。有些羊通体雪白，有着粉红色的眼睛；有些羊则一身黢黑，胸部长着银色茸毛；有些羊身上呈现花斑色，黑花斑，这些羊看上去充满活力，温顺和善，干净整洁，身上的毛打着结，肚子下面有毛刺；羊角上都绑着彩色细线，脖子上有墨水色的斑点。羊儿会在街边的草地上进食，也会去公共花园里啃树皮，舔吃贴在栅栏上的海报，到处都是它们留下的粪球。奶奶坚持认为，如果实在不行，就把它们的耳朵涂上记号。

牧草季开始的时候，斯维奇尼科夫去省执委会，提出只能在郊区放羊，那些无人看管的山羊，如果在市中心大街上四处乱走就将其抓起来，锁进一处单独的棚子，每头羊的脖子上挂上一个号牌，还要在数字下面写上这头羊的特征。如果主人前来认领，需要先为每头羊缴纳500卢布的罚款，然后才可以把它们领回去。

两个星期以来，斯维奇尼科夫对这个主意充满了热情，并向上级汇报了这一想法。卡姆帕涅尔打算将山羊看管所的提议和“太阳之城”计划结合起来，按照卫生规范对街道进行管理。实际上，这位伟大的乌托邦主义者计划在缺少清洁工的情况下，让人民委员会以“三十人理事会”的名义，将严厉的革命措施与广大群众的自发活动相结合，以维持秩序。

斯维奇尼科夫非常轻松就写得出这样的文章，这着实令人惊讶，他那迷惑人的宣传听上去天真无邪，像是单纯的鸟鸣。他在4月份上了前线，给部队食堂运送特供指挥官的白面包，所有的民众领袖，从斯巴达克到保罗·拉法，都是招之即来，踊跃前来给他提供援助。

现在，他又在笔记本上胡乱写着什么。瓦金瞥了他一眼，拿起娜佳的笔记本，翻到最后一页，读完了最后一段笔记：

“斯维奇尼科夫让我读了小说《命运之手，抑或绿色人之死！》，作者是一个叫佩切涅格-盖多夫斯基的人，西科尔斯基将其从世界语译成了俄语。这本书给我留下了奇怪的印象。书中描写了一群抱着残忍愚昧想法的人，企图消灭其痛恨的世界语支持者，后者因钟爱绿色而被称为‘绿色人’。这些人认为，大多数世界语支持者都是犹太人，他们将在世界范围内夺取政权。这些阴谋者对他们进行跟踪和暗杀，砍掉受害者的右手，而且发誓继续干下去，直到世上不留下一个懂得世界语的人。然而，一个名叫谢尔盖的人，这个勇敢的世界语支持者揭露了他们的阴谋，为了替被害的同志报仇，开始反击阴谋者，但并不像阴谋者那般阴险狡诈，而是采取绅士的方式与他们决斗，或者通过下棋定胜负，输者就要挨枪子儿。他是一位出色的国际象棋手，把他们所有人都赢了，但阴谋者都不想自杀，相反，还企图杀死谢尔盖。再后来，谢尔盖也毫不手软地对他们进行了反击。事情进行得很顺利，苟活下来的阴谋者都被迫移民去了美国，但他们乘坐的船途中遭遇风暴沉没了。作者在结尾写道：‘船上那些人的坟墓上面永远不会长草。’意思是说，这些人永远葬身在了海底，不过，这句话还蕴含更深一层的含义。草是绿色的，而阴谋者因为抱有极端的反动思想而被世界语支持者们称为‘黑色人’，由于他们厌恶绿色，因此永远留在了幽暗的大海深处。换言之，他们最终得到了自己孜孜以求的东西。”

第十章 女祭司

1

“世界语有8条语法规则。”伊达·拉扎列芙娜曾经说过，那段经历如今俨然成为斯维奇尼科夫80岁人生的最美妙部分。他的这位女友轻而易举就做出决定，其中哪些规则应该视为主要的，而哪些应该摈弃。当然，实际上总共有16条。

为什么柴门霍夫偏偏挑选了这个数字？斯维奇尼科夫在自己随后的生活经历中弄明白了，那是在摄政公园里，在弗里德曼和厄埃尔银行，一个橄榄色面孔的人对他喊：“先生！”妻子在伦敦无事可干，迷恋上了用塔罗牌占卜。有一次，她让丈夫看纸牌上那些艳俗画，兴奋地解释其中的意思。当她拿到16号牌的时候，说了一句："这张牌代表一座倒塌之塔。"

脑海中瞬间闪出一个词：巴别塔！巴别塔！

那只食指伸向前方的石膏小手从黑色天鹅绒和蜡纸下面刚一展露出来，斯维奇尼科夫立刻就明白了其中的含义和所指方向。瓦连金在对柴门霍夫的文章所做的注释评论中，这些已经明确说明，而宣传画上的那首小诗，表面看仅仅是用来代替日历，其实目的非常隐晦。其中出现的"homaranismo"一词（字面意思是"世界主义"——译者注），在世界语里表示"全人类"。其伸出的那只石膏手指，象征着犹太民族自身。

斯维奇尼科夫取出从瓦连金那里悄悄拿来的那页纸，上面写着《世界主义基本原理》的内容。

标题下面有一段类似题词的话语：

"全人类圣殿的建设已经开始了！这样，就像以前伟大的巴别塔，我们这座圣殿将通往天堂，奔向幸福，不过，它并非由石头和泥土建造，而是源于希望与智慧。"

下面，写的是《世界主义基本原理》的逐条内容。

白天的时候，斯维奇尼科夫粗略浏览过，现在，他开始了仔细阅读。

1. 每个人都应该相信，自己的良心之声就是上帝的声音，切忌做违背良心的事情。要求每个人都应该做我们自己想做的事情。

2. 每个人，无论出生于什么民族，他都应该将自己视为中立之人，无论对同族还是对异族。

3. 每个人都应该学会把人类作为一个整体来看待，就像兄弟姐妹组成的唯一大家庭，并感觉自己是这个家庭中的一员。

4. 每个人，除了他出生或受教育的那个民族文化之外，应该了解全人类的文化。每个人都应该将其当作自己的文化，为之繁荣而努力。

5. 每个人，除母语外，都应该掌握世界语这门国际中立语言，使用伟大导师在《世界主义基本原理》中确定的规范，不得作任何更改或修正。

6. 每个人都应该为建立一个世界联邦国家而不懈努力。每个人都应该提出要求，在这个国家里针对某些民族实行生育限制，这些民族由于数量庞大，可能侵犯较小民族的权利。

7. 这个未来世界国家的宪法和法律，可以废除本基本原则条款与之相冲突的东西。

8. 除第7条中规定的情形之外，无人有权对本基本原则进行任何更改或修正。

首先，最明显之处在于，希莱尔宗教的三点教义构成了这个基本原理的第一条。达涅维奇说得对：希莱尔主义即使并不完全等同于世界主义，那也是其中的一部分。

其次，斯维奇尼科夫注意到了基本原理自身的条款数量。它们有8条——这与世界语的基本语法规则数量一样，与构成“гомарано”（世界语）一词的8个字母，以及表示世界8个方位相一致。卡扎罗莎（Казароза）这个名字里同样包含8个字母。

他机械地数了数，自己也不清楚这么做的目的，这时，脑海中猛然闪现出星号下面的一条注释：

“这类教堂中的神职人员或女祭司应该由面容姣好、嗓音悦耳、掌握世界语、年轻漂亮的女性担任。”

这些女性应该满足的4个条件中，卡扎罗莎具有3个：年轻、漂亮、嗓音悦耳。世界语她不懂。可又有谁知道这一点呢？是她亲口说的吗？

想起来了，就在死前5分钟，她对瓦连金说道：“巴别塔，巴别塔。”而他也像回答口令一般，高兴地做出回应，背诵了下一句。一首铿锵动听的押韵诗让他们两个人心领神会，心心相印。大概，瓦连金同样知道，“алта дона”这个词组不应译成“神圣的事业”，而应译成“神奇的功绩”。甚至卡扎罗莎的那件绿色夹克，原来也并非偶然。

斯维奇尼科夫感觉，自己的脊背都湿透了。原来，卡扎罗莎和瓦连金彼此熟悉？那又是什么让他们有意掩盖不说呢？或许，志同道合的同志间彼此承诺的誓言？

他试图做进一步推理，但线索断了。断线无法连接。为了不分散注意力，斯维奇尼科夫微微闭上了眼睛，就在这一瞬间，他眼前浮现出一幅画面，光天化日之下，突然显得如此清晰，如此清楚，尽管是幻象，他可以称其为影像，如果不把这个词语剔除出自己的词典。

他看见一个建筑，墙壁有棱纹，光秃，惨白。屋脊呈封闭状，内部空间形成正八面体状。其上部边缘看不见，但根据下面传来的每个响亮的声音，可以猜出，上方有个宽敞的穹顶，看来还是透明的，因为从那里有粉红色的光柱照射下来。他跌倒在大厅中央，这里有一个半人高的方形台座，上面盖着黑色天鹅绒，然而，样式很像教堂讲经台。天鹅绒罩布上，一只很小的人手孤单地透着惨白的光泽，扬起的食指指向前方。看不清楚这只手，因为周围萦绕着团团粉红色的烟雾，但有种感觉，上面放的不是石膏假手，而是真人之手。手上散发的不是石头似的冷气，而是坟墓般的阴寒。

“新宗教需要赋予醒目的外在形式，创立仪式，建造教堂。”瓦连金的声音在他耳畔响起。原来，这个人在给他——斯维奇尼科夫解释那束灯光景象的含义，它被魔影灯射出的光束笼罩其中。

与此同时，玫瑰色光柱里闪现出一个娇小女人，一头浅灰色秀发，身穿象征希望的绿色外套，布满褶皱的披风一直垂到地上。她双手高举，朝着悬挂在八棱体柱子上的柴门霍夫肖像。“巴别塔，巴别塔！”她用水晶般的声音诵唱了一句。不知从什么地方传来有力的合唱回声：“神奇的功绩！”

唯一较暗之处，就是垫在石膏手下面，以及盖着台座的黑色天鹅绒罩子。斯维奇尼科夫明白了，这是黑暗的象征，意味着巴别塔倒塌至世界语创建期间，它一直笼罩着世界。

除此之外，所有颜色都是纯色，没有中间色和色差，只有白色、粉红色、绿色，然后又是白色、粉红色、绿色……到处都是亮光，不过，气氛显得阴郁，给人造成一种感觉，好像这种气氛应该出现在殿堂里，只是用希望与智慧建造起来的殿堂里，未掺杂进任何物质性的东西。难怪在顿悟那一刻，手头什么都没有，只有一张戏票，上面写着：大脑已被蠕虫蛀食……溃疡的心脏已经腐烂。这是她的大脑，她的心脏。她的灵魂变得冰一般的黑暗和冷酷。

这个房间有两扇窗子。瓦金坐在一扇旁边，一张书桌放在另一扇旁边——这样，光线就可以从左边照射进来。突然间，斯维奇尼科夫产生一种感觉，似乎从那边，左边，有人正透过玻璃看着他。他转身走到窗前。房子跟前空无一人，街道上也没人，然而，他总觉得有道目光落在自己身上，与此同时，他心里明白，落在他身上的这道目光并非来自外部，而是发自内心，来自自身的记忆。他不习惯分析这种感受，更谈不上相信这种感受，但担忧并未消失，因为怎么也回想不起来，究竟是谁，在什么时间，在什么地方，这样盯着他看过？而现在，他心里出现的正是这种感觉。

2

午夜时分，卧室传来儿媳兴奋的低语声，其中掺杂着儿子的简短答话，儿子的态度始终不偏不倚。瓦金躺在床上，旁边椅子上放着一杯水，他戴的那副假牙在水中呈现出淡淡的粉色。同样颜色的灯罩下面，床头灯发出微弱的光芒。他仰面躺着，将娜佳的照片放在胸前，像通常睡前一样，脑海里不由自主地想着她，可心里很清楚，不可能有任何结果。该死的十字架一直在脑海里萦绕，挥之不去。

战前，这张照片连同他与娜佳登记结婚当日的报纸一起，存放在他的家庭档案中。在那天报纸的第4版，刊登着一首纪念《女工之家》成立一周年的诗歌：

妇女同志们，时机已到：
请抛开麻木不仁的精神，
长期被奴役的胆怯恐惧，

还有噩梦般的可怕昨天，

为自己勇敢地站立起来。

你是平等和独立的女性，

我最亲爱的朋友和母亲！

就像年轻时写过和读过的所有诗歌，瓦金迄今仍然清晰记得这首诗，直至最后一行：

真情呼唤你，妇女同志们，

前进，为了建设性的工作！

他今天不应该服用安眠药。几乎凌晨3点钟左右，他才勉强入睡，可是，马桶的抽水声随即又将他吵醒。儿子患有肾炎，他去了趟洗手间，当然，忘记了瓦金反复嘱咐过他，夜间用完厕所不要冲水。

5月，夜晚短暂。天亮之前再次入睡，这种奢望微乎其微。他把脸埋在枕头里，用掉光牙齿的牙床紧紧咬住枕套的一角，悄无声息地哭了。

斯维奇尼科夫终于发出了声响。瓦金转过身来，他心里清楚眼前是一幅怎样的情景，果然如此。盖在石膏手上面的两层包裹被揭开了，只见这只石膏手静静地躺在桌子上，孤零无依，小巧玲珑。斯维奇尼科夫用异样的眼神看着它，似乎知道其中隐藏的秘密，可他有些不敢相信这些。玻璃瓶、梳子、药丸都被挪到一边，只剩下一张戏票，背面写着一首字迹模糊的诗："我是一个女人，抛开我的灵魂吧，它又黑又冷，像块儿寒冰……"

"你打开过吗？"

指的是那个女士手包。

"没有，"瓦金撒谎说，一边小心翼翼地摸了摸这只石膏手，"这是什么？"

"不知道。"斯维奇尼科夫回答道。

声音听起来就像在撒谎。

"今天在编辑部，奥西波夫就对它挺感兴趣。"瓦金说。

"对卡扎罗莎吗？"

"是对这个手包。昨天发现，它落在我这里了。"

"给他看了吗？"

"我根本没把它带到编辑部。"

斯维奇尼科夫点了点头，随即将包里面的东西都放了回去，除了那只石膏手和戏票。他将这两样东西放进衣袋，然后说道：

“我们赶紧到他那儿。你有蜡烛或手电筒吗？”

“有蜡烛。”

“带上它。有用处。”

奶奶在帘子后面睡着了，小声地打着鼾。瓦金给她盖好被子，从厨房里拿上一节蜡烛头儿，然后领着斯维奇尼科夫走出房门，并锁上了门。

奥西波夫住在哪里，他们两人都知道。有一次，他们拖着醉醺醺的奥西波夫从编辑部前往修道院街。瓦金也住在这条街上，只需要一直往前走就到了，但不知什么原因，还没走到卡什斯基澡堂，斯维奇尼科夫就朝右面拐去。

“先到瓦连金那里。”他解释说。

他妻子开的门，两只眼睛哭得泪汪汪的，告诉说，米哈伊尔·伊萨耶维奇白天就被逮捕了，直接从课堂上被带走了。一个学生骑自行车前来告诉她这个消息。

“这是弄错了吧？”她根本不相信所发生的事情。

“他自己最清楚是怎么回事。”斯维奇尼科夫冷冰冰地说，然后转身走了，甚至没有对她说一句安慰的话语，对于他来说，这再自然不过了——他喜欢保护弱者并同情受委屈的人。

沿着索利卡姆街，经过秋明铁路局，再次来到卡马河河畔。左边是商人梅什科夫的豪华私邸，带有柱廊以及冬季花草干枯的花园。布满裂纹的粗壮大理石廊柱，沐浴在黄昏时分的暮霭之中，看上去像以前一样洁白干净。

作为一个百万富翁和慈善家，梅什科夫捐给这座城市一幢4层大楼，供5年前创办的一所大学使用。他曾经保护过形形色色的革命者，为他们提供资金，获取证件，掩护他们躲避警察。在他的家里，他们感到比在外国大使馆里都安全。其实，宪兵们什么都清楚，但是他们可不愿意跟梅什科夫惹上麻烦。据说，有些宪兵官员还依靠他提供薪水。有时，天气晴好之时，他将布尔什维克、孟什维克、无政府主义者和社会革命党人聚拢到自己的“奥林匹亚”号游船上，就像曾是社会革命党成员的奥西波夫所言，三教九流，什么人都有，他们一起沿着卡马河泛舟游玩，在船上举行党派辩论会。他自己充当仲裁者角色。辩论中获胜者将获得所属党派需要的金钱嘉奖。晚餐在甲板上进行，侍者向客人们分发盛着鲟鱼汤的手提饭盒。高薪聘请的男高音引吭高歌：

就像天鹅在平静的水面上，
我们的小船在轻轻地漂荡。
哦，心情无比愉快与恬静，
惶恐的阴影早已随波远逝！

河岸两边是茂密的森林，晚霞将其染成一片玫瑰色。渔民们摇着轻巧的小木船在波浪中不停地摇晃。从卡马河到丘索瓦亚河，然后从那里再到瑟尔瓦河，沿途可以欣赏到石灰岩峭壁、喀斯特谷地、平缓的山丘，叶尔马克前往西伯利亚之前就在这里宿营过冬。

“欣赏这样的美景，喝着20卢布一杯的葡萄美酒，”奥西波夫说，“真想忘掉我们之间的纷争，不是什么社会革命党人，就是一个普通人，一个上帝创造的面对永恒大自然的普通人。”唉，此时此刻的他倍感孤独。周围没有一个人可以分享他的感受，所有人都在互相争吵，彼此谩骂，临时结成团体也仅仅为了与对手抗争。然而，这种情形并没有持续很长时间。很快，梅什科夫就对革命感到灰心失望，开始醉心于为无家可归的穷人建造设施先进的收容所。随后不久，他又无情地从流浪者手中收回这些房屋，并将其转交给了一所大学。在此期间，通过慈善事业，他稍微地伤害到了一些美国反正教仪式派的信徒，这些人从他那里拿了钱，却告诉列夫·托尔斯泰，他们什么都没拿，这促使他产生了一个想法，就是在自己的家乡建立乌拉尔地区第一所高等院校。他不再给革命者捐钱，他们也没有原谅他的背叛行为。10月里一个漆黑的夜晚，“奥林匹亚”号游船在码头停靠时，船上一颗炸弹发生了爆炸。社会革命党人巴林博伊姆将一颗炸弹扔进了船主人所在的舱室里，现在，宪兵以两项罪名逮捕了他。稍后查明，当地所有党派都对这一行动给予了谴责，包括那些原则上一直反对恐怖主义的政党。

傍晚时分，西边天空乌云密布，天很快就黑了。瓦金感觉，有人在后面跟随着他们。他转身一看——离他们不到半个街区，一个男人的身影紧贴在围墙上。

“我觉得，有人在跟踪我们。”他低声说。

“我也发现了。”斯维奇尼科夫平静地回应道。

“是什么人？”

“不用紧张。自己人。”

“他们要干什么？”

“知道真相。”

“什么真相？”

“也是我们要了解的真相。”

没有比这更清楚的解释了。

“好像，我们到了。”说着，斯维奇尼科夫停下了脚步。

因为酗酒，妻子把奥西波夫赶出家门，一个仰慕他才华的崇拜者为他张罗到一间斗室。这处房屋曾经归商人恰金所有，而恰金本人追随梅什科夫逃往了东方。房屋被收归国有后，将其分割成许多单元。硕大的房间用隔板隔开，杂物间经过改造，也可以住人。走廊里住着一个鞑靼熟皮匠，他孩子众多，仿佛他不是只有一个老婆，而是整整一个后宫。熟皮匠的这个住所得来不易，是他为一个当官的缝制了一副驯鹿皮护耳帽而搞到手的。

房间里点着一盏煤油灯，制帽师傅坐在桌旁。他面前的楦头上竖着两顶帽子。其中一顶已经制作完成，正等待顾客前来取走；另外一顶帽里朝外翻转过来，满是油污的衬绒朝外，帽子充当了针线盒。天花板下到处拉着绳子，上面加工好的狗皮已经晾干了，就像一只巨大的蝙蝠在空中翱翔。屋里散发着强碱液和生皮子的酸味。

奥西波夫住在隔间的后面，但他并不在家。鞑靼人说，他一大早就走了，一直也没有回来。以防万一，斯维奇尼科夫拽了一下胶合板门。门开了，门柱立在那里，牢牢勾住地板。上面的合页被扯掉了。

“他没有什么可偷的。”鞑靼人叹了口气，羡慕他的邻居活得就像一只天堂鸟。

他拿来一盏灯，两人举着灯走进了房间。灯影映在角落里，瓦金看到墙上有一张旧海报，紧靠上沿有一行字：夏季剧院。

稍微靠下一些，黑暗中，泛黄的纸上突兀地显现出巨大的字样：济娜伊达·卡扎罗莎。

再往下，是更小一些的铅字，说明演唱会的内容，只有简短的词汇：爱丽丝之歌。

最后，海报的最下边，写着一行字：剧院温暖，座位舒适。

可见，演唱会不是在夏天，因为这个季节并不需要注明“温暖”这类字样，也不是在冬天，因为即使名为“夏季剧院”，这个季节也未必温暖，而是在春天或初秋。

斯维奇尼科夫刚把灯靠近海报，这一猜测就得到了证实。左上角显示的日期是9月26日。没有标明年份，剧院所在地也无从知晓。然而，旁边的空白栏上，有一首用铅笔写的四行诗：

塔希提女人，神奇之鸟，
在晚霞中引吭吟唱，
玫瑰小屋，忧郁的女祭司
置身于他人的血腥祭坛上。

3

床边的床头柜上放着一个文件夹，里面有一摞打印好的纸。文件夹是玛雅·安东诺芙娜拿来的，她说，他会对里面的东西感兴趣。

斯维奇尼科夫打开了文件夹：

“30年代中期，世界语运动开始遭受迫害，伊达·拉扎列芙娜被迫离开莫斯科，回到我们这座城市。经过一番周折，好不容易在中学找到了一份当俄语语言文学教师的工作。那些年她生活得很艰难，但对我们这些同事来说，身边有这样一个学识渊博又心地善良的人，真是一种莫大的幸福。她没有成家，所以，我们老师们经常到她那间位于小亚姆斯克街3号的舒适小木屋里聚会。冬天，那里很冷，可是每到春天，门廊窗下，栅栏围绕的小花园里开满了紫丁香，小木屋又生机盎然，充满了活力。经常在门廊上举行诗歌晚会，我们习惯称其为丁香晚会……”

这些是关于伊达·拉扎列芙娜的回忆。她去世之后，同事们撰写这些回忆并把它们赠给了学校的博物馆，那是她工作了近30年的地方。

他读到的最后一部分内容是:

“虽然已经退休，伊达·拉扎列芙娜并未闲得无所事事。她编辑并尝试出版《拼写练习手册》，1964年将其寄往莫斯科，可是，书稿被从首都退给市政当局进行审查。后来，因滥用职权被免职的教师进修学校校长К.И.罗格切夫依稀记得，没有比把《拼写练习手册》送交审查更好的了。收到的审查鉴定认为，伊达·拉扎列芙娜编写的书好像不符合学校大纲要求。不过，审查鉴定并没有影响《拼写练习手册》在《经验谈》系列丛书中的出版。今天，很难判断，他说的可信度有多高。手稿并未保存下来……”

来到街上，瓦金准备分手道别，但斯维奇尼科夫并没有让他走。

“别走，我们顺路去趟斯特凡军校。这个学员，”他补充说，“这个士兵总归应该知道自己的计谋，他并没有朝卡扎罗莎开枪。他有一把图拉产的左轮手枪，口径7.62毫米。她是被另外一把枪打死的。有人趁乱暗中朝她开了枪。”

这条商业街的两旁分布着很多二层楼房，确实，这一地区三分之二的房子都是外表庄重的石头房子。烟囱外罩雕刻着各种花纹，排水管由透花白铁皮制成，窗户的边条上装饰着小鸟和葡萄串的图案。没有路灯，可是，路上一个岗亭里有个已经损坏的火灾探测器，表明这里毕竟是省城，而不是小县城。

一如既往，他们后面还是有人跟踪。

“戴着白色帽子吧？”当瓦金告诉他有人跟踪时，斯维奇尼科夫随口问道，并未回头。

“不是。”

“黑色帽子？”

“没有戴帽子。”

“明白了。工具用尽了。”

“什么工具？”

“帽子。他经常变换帽子，免得引人注目。”

“他是什么人？”

“跟踪我的，与你没关系。”

斯特凡军校附近看不见一个人影，虽然达涅维奇和波波夫应该在台阶上等他们。主楼里没有一扇窗户透出灯光，大门已经锁上了。斯维奇尼科夫决定走后门，于是，他朝通向院子的后门走去。瓦金在后面跌跌撞撞地跟着。

他们绕着学校小教堂转了一圈，教堂上的十字架被拆除，窗户被拆毁。月光下，黝黑的砖墙上隐约显现出一些人名，每到晚上，这些人就在这里淫乱或者酗酒。

“在专制统治的废墟上也会写下我们的名字哩。”瓦金低声说。

他们经过一个茅房，门上有转动的新痕迹，特殊部门——斯维奇尼科夫回想起来了。在靠近它的某个地方，伊达·拉扎列芙娜捡到了一把手枪，而它现在就揣在口袋里。

樵夫悄悄搬光了所有东西用作木柴，马厩里只剩下了石头地基。碎玻璃在脚下嘎吱作响。垃圾到处都是，散发出废墟特有的龌龊气味，对这一切大家早已习以为常，就像习惯了不干净的饮水或者慢性病一样。

后门上挂着一把谷仓大锁。斯维奇尼科夫抬起头，心里思忖着，当然可以像达涅维奇那样爬上防火梯，越过屋檐，打开窗户或者砸碎玻璃，如果门被从里面插上门闩的话。但他不想这么做，这需要高难度的动作。他从一堆瓦砾中捡起一块相对完整的砖头，找到一块破布将其包裹起来，然后开始砸门上的挂锁和门把手，连续砸了两下。门把手很快从腐朽的门板上掉了下来。他们费力将吱吱扭扭的大门稍微打开一条缝，从门缝里挤进去，随即点上了蜡烛。胡乱涂画的肮脏墙壁在烛光下变得摇曳不止，一根悬空电线在天花板下颤动着。他们从二楼的楼梯缓步台走进休息室。礼堂的门敞开着，窗口外是七月夜晚淡蓝色的夜空。

斯维奇尼科夫来到窗前，于是，就像在瓦金家里一样，再次本能地感觉到，好像有人在盯着他。

他拉上了这扇窗子的窗帘，随即来到下一个窗口，准备拉上窗帘。

“您担心，如果打开电灯，从外面可以看到我们？”瓦金猜测地问道。

斯维奇尼科夫感到一丝不自在，不应该对什么都疑神疑鬼。他用力摁了一下开关，没有任何反应，灯并没有亮。再摁一次，第三次，结果还是一样。看来，发电站没上班。

瓦金吹灭了蜡烛。眼睛一旦习惯了周围的黑暗环境，剧场大厅里就显得并不像刚才那样漆黑一片。月亮显得明亮起来，一排排的座椅、舞台和台上的钢琴都笼罩在朦胧的月光下。甚至能看清舞台上方加固幕布的紧绷钢丝。沿着这条虚线，钢丝在那些弯曲和偏离舞台最短距离的地方消失不见了，而一缕月光照射了进来。

“你指认一下，昨天坐在什么位置？”斯维奇尼科夫命令道。

瓦金指给他看了。

“奥西波夫跟你坐在一起吗？”

“是的，但是为了更好地看演出，随后他换了个座位。您挡着他的视线了。”

“我？”

“他说，您挡着她了——卡扎罗莎。”

斯维奇尼科夫拎起一把椅子，来到舞台上，然后将这把椅子放在昨天卡扎罗莎站过的地方，当时她就站在神秘魔影灯发射出的玫瑰色光幕里。Сенмова кушис мu кун бруста вундо…（世界语，意为昏暗中，她的血迹在木板上显得不是很明显——译者注）

他跳下舞台，找到昨天自己在第4排的座位，站在了旁边。恍惚记得，他是站着听她在演唱。

“你坐到奥西波夫昨天坐的地方。”他命令道。

瓦金坐下了。

“椅子在舞台上，这代表是她——卡扎罗莎。我遮挡你看不到她吗？”

“没有，如果她站在您认为的位置。可是我觉得，如果稍微偏左一点，就可能遮挡了。”

“当时瓦连金在哪里？”

“我不知道。我并没有注意他。”

“他没在窗户旁边？”

“有可能。”

“那达涅维奇呢？”

“他和彼佳·波波夫一起坐在我的后面，后来到前面去了。”

“你没记错吧？”

“没有。西科尔斯基曾经请他们离开剧场，可他们告诉他，并不想走。”

“西科尔斯基？”斯维奇尼科夫闻听惊讶不已，“他当时就在舞台旁边嘛。”

“剧场刚一熄灯，他便朝他们走了过去。”

“后来呢？”

“波波夫一直坐在那里，达涅维奇站起来走了。”

“去哪儿了？”

“沿过道往前走了。看样子是想找到靠中间的座位，这时卡扎罗莎已经开始演唱了。有人向他发出嘘声，于是他就站住了。”

“站在哪里？”

“喏，就那儿。”

斯维奇尼科夫伸手拍了拍一把椅子的后背。

“这儿吗？”

“再靠近舞台些，稍微往右边一点儿。”

“这儿？”

“差不多。”

斯维奇尼科夫将一把椅子放在另一把椅子上面，表明这是达涅维奇站过的位置，然后从一排排座位中间挤过去，站到远离舞台的窗户旁边。昨天，这扇窗户敞开着，这吸引了那些想呼吸新鲜空气的人靠窗而坐。瓦连金当然去了那里，以便将电源插头更牢固地插进自己设计的魔影灯插座。

现在斯维奇尼科夫自己所在的这个点、卡扎罗莎在舞台上的位置以及达涅维奇在剧场里的座位，这三点几乎构成了等边三角形的三个顶点，经过这三点不可能连成一条直线。从这里朝达涅维奇瞄准，瓦连金不可能误杀卡扎罗莎。也就是说，他是有意朝她开的枪。

重新点上蜡烛。从蜡头上倒下几滴热蜡，斯维奇尼科夫将蜡烛粘在窗台上，随即坐在旁边，在《世界主义基本原理》的背面，用双色铅笔的蓝色一端，逐项复原了这个事件的来龙去脉：

1. 以前，卡扎罗莎曾是希莱尔神庙的女祭司。

2. 她知道瓦连金现在的居住地，因此想到这里来进行演出。她需要与他见面。这就是她爽快答应在俱乐部演出的原因。

3. 她早已对希莱尔主义深感失望。也许，面对新的宗教，沉迷其中，无法自拔，直到接受一些晦暗的反人类仪式，然而，卡扎罗莎对于自己被迫侍奉的神秘之神，醒悟得太晚了。这种心情都表达在戏票上的诗句里。

瓦金用手指戳着钢琴的琴键，寻找着某种旋律的音阶。

“舒伯特，《船夫曲》。”他不禁脱口而出，终于弹出了音乐的节奏。

伴随他弹奏的音乐，斯维奇尼科夫又补充了两点。

4. 与希莱尔主义者分道扬镳，卡扎罗莎随身带走了他们的圣物。看来，他们对她发出了威胁，于是，她决定将石膏手归还给瓦连金。

5. 瓦连金不相信，她对希莱尔主义神庙里发生的一切保持沉默。如果这件事泄露出去，将给今天的世界主义蒙上阴影。瓦连金决定除掉她。他原本打算演唱会结束后再动手，不过，他顺势利用了偶然出现的机会。

一切看上去合情合理，符合逻辑，然而，对于一系列重要问题，这张路线图并未给出可信答案。这时，斯维奇尼科夫已经不用蓝色，改用铅笔的红色一端，将这些问题记下，编号也不再是数字，而是变成了字母：

A.奥西波夫从哪儿得知，卡扎罗莎是“别人血腥祭坛上的可悲女祭司”？“血腥”一词背后指的究竟是什么？

B.为什么他要询问瓦金有关卡扎罗莎的手包？

C.为什么要逮捕瓦连金？

D.声称瓦连金似乎朝他开枪，这是达涅维奇故意撒谎，还是他自己对此深信不疑？

E.如果开枪的是瓦连金（不是朝达涅维奇开枪），那他将枪扔到了窗外还是交给了伊达·拉扎列芙娜？

F.是谁出钱操办卡扎罗莎的葬礼？

纸上已经写满了，没有空白之处，斯维奇尼科夫推开窗户，俯身在窗台檐板上，他打算弄明白，扔出去的那把枪能否从这里掉到茅房的旁边。他的脸颊立刻感觉到暖风拂面。

右边，浓密的树丛黑黝黝一片，树上的叶子沙沙作响，似乎秋天来临之前树叶就已经枯萎了。一轮满月挂在夜空。月面上的斑点形成了两个形象：该隐——一个邪恶的牧人，手拿从农民兄弟手里夺来的草叉，总是刺穿他的亲兄弟。

“您知道，古代的学者们是怎样解释月亮上斑点的形成吗？”站在旁边的瓦金问道，“为什么这些斑点经常移动，经常改变形状？”

“该隐和亚伯？”

“这是神话，也是科学理论哩。人们认为，那里有成群结队的昆虫游荡，好像月亮蝗虫一样……如果现在从那里观看俄罗斯。同样是这种景象。”

话音未落，什么东西重重地击中了斯维奇尼科夫的胸膛。他听到一声枪响，看到了黑暗中有道闪光。他身体摇晃了一下，坐在了地上。

窗外两个声音一同响起：“站住！站住，我开枪啦！”只听“哗啦”一声，好像敲鼓一般。接着又响了一枪。

斯维奇尼科夫坐在地上。他知道，受伤瞬间不会感觉到疼痛，他在等待疼痛的来临。瓦金惊魂未定，一会儿离开斯维奇尼科夫冲到窗户跟前，一会儿又折返回来。院里的说话声越来越近，不过，说话声重新湮没在其他声音中：树叶的沙沙声、脚步踩在碎石发出的咯吱声，还有等待疼痛的煎熬。其中一个声音来自纽曼，另外一个声音同样年轻和熟悉，回答问题的声调斯维奇尼科夫非常熟悉，这个人的后背被左轮手枪的枪口抵着。

“他们来了。三个人。”瓦金通报说，他又一次跑到窗户跟前。

“都是什么人？”

“太黑，看不清。”

他朝斯维奇尼科夫俯下身来。

“您伤到哪儿了？让我看看。”

“我自己看吧。”

斯维奇尼科夫摸了摸胸部，摸到夹克上有一个洞，他伸出右手，小心翼翼在左侧翻领的下面摸索，紧张地等待着手指摸到一种黏糊糊的温热东西。没有摸到，很干爽。

他用手背蹭了蹭夹克里衬，夹克内侧的口袋里，有东西发出叮当的响声。手伸到那里，碰到了一些石膏碎片。既没有血迹，也不疼痛。希莱尔主义者的圣物救了他一命。

第十一章 情人

1

天色已暗，阅读变得困难起来。枝形吊灯的灯光过于刺眼，他不想开灯，而台灯又坏了。斯维奇尼科夫将装有伊达·拉扎列芙娜回忆录的文件夹放到一边，起身来到了窗边。

下面，从二楼隐约传来微弱的嗡嗡声，那是宾馆门口上方几米长的霓虹灯字母发出的响声。组成“河畔”这个单词的字母呈蓝色，因此，霓虹玻璃闪烁着寒气逼人的冷光。看上去如同积雪反射的月光，可是，从通风气窗里吹出来的却是5月份的温暖热气。

大城市从来不会入眠。军工企业三班制，白天，湮没在街道噪音中的沉重轰鸣声，持续不断地从厂区传来。那里还住着一些老人，这些人曾经唱着激昂的歌曲：

同志们，齐步向前走，
把刺刀磨得锋利，
来帮助天下的劳苦大众
我们红军在前进。

不劳而获的家伙们喝着
劳动人民的血液。
让我们将巢穴清理干净，
用刺刀上的钢刷。

从乌拉尔到维也纳
站立起千百万劳苦大众，
从卡马河到塞纳河
我们的战线都热情高涨。

不是为了强大的乌拉尔
可怕的竞赛将结束，

这场劳资间的争夺战

战场必将是全世界。

这是《乌拉尔行军曲》，这首歌斯维奇尼科夫非常喜爱。它并非产生于人民群众，而是由师政治部的菲马·弗列伊曼所创作，结果并未变得更糟糕。这首歌的歌词是一个患有肺病的药剂师学生所写，真让人意想不到。他甚至不善于与战士们交谈，别人经常打断他，询问无酵饼用什么烤制而成，或者用一些问题来测试他的受教育程度，给他提问题，比如马克沁或绍沙机枪的弹匣可以装填多少发子弹。选择他——一个患病之人来写这首歌，说明他具有自己的独到之处。每当这首歌在团里队列中响起的时候，浑身都不禁直冒寒气，但现在，在他的记忆中，这些可怕的歌词却引起了某种伤感而温柔的感觉，仿佛一个有着神奇名字和天堂鸟般嗓音的娇小女人在吟唱。

休息室外传来嘈杂的脚步声。门砰的一声开了，一个人猛地探头进来，看来，有人从后面用力推了他一把。斯维奇尼科夫马上认出来了，来人是波波夫。他身后进来的是一个拿着手枪的陌生年轻人，最后进来的是纽曼，手里也拿着一把手枪。

“受伤了吗？”他问。

“没有。”

纽曼毫不客气地将瓦金赶到走廊，命令他回家，然后朝斯维奇尼科夫转过身来。

“你们在这儿干什么？”

“我打算复原一下昨天发生事件的场景。”

“为什么不开灯呢？”

“灯不亮。电线有问题，或者发电站那里电源被切断了。”

拿左轮手枪的小伙子敲了敲其中一个开关。离舞台最近的一盏灯随即亮了起来。昏黄的灯光下，眼前显现出肮脏的壁纸、破旧的椅子、琴腿锁在墙上铁环里的陈旧钢琴，活像一个脚戴足镣的囚犯。地上的瓜子皮泛着白光，天花板上露出一条灰板条，那是军校学员开枪时，子弹划过的痕迹。

其余的电源开关也都工作正常。

“撒谎可不好呀，”纽曼笑了笑，“你们既然不开灯，一定是怕什么人。因为你们不想成为活靶子。我只是不明白，为什么站在敞开的窗户旁，还放着一支点燃的蜡烛。坦率地说，这种做法太轻率了。”

波波夫一声不吭，一副愁眉苦脸的样子。嘴唇被打破，眼睛上面的瘀青鼓胀着，就像爪哇猿人的凸出眉骨。作为物理与数学学院的学生，他坚信，这种眉骨结构表明，这种人具有非凡的数学能力。这种能力可以让他冷静地分析出世界语具有的全部优缺点。

“是他开的枪。”纽曼说。

“不是我！不是我！”波波夫晃起脑袋，同时将头扭向肩膀，防备再次挨揍。

“那你跑什么？”

“因为害怕。我不知道你们是什么人。”

纽曼再次朝斯维奇尼科夫转过身来。

“因为具有暴力倾向，他被学校开除了。您在省委员会的档案里记载过这些，所以，他们认为有必要对此做出反应。这之后，在学生聚会中，波波夫扬言要杀了您。”

“那只不过是出于愤怒随便说说而已。”波波夫反驳说。

“深更半夜的，你来这里干吗？”

“达涅维奇让我来的，他自己不来。”

“这是实话，”斯维奇尼科夫肯定地说，“我约他们前来见面。昨天，他们两人都坐在后排。我想让他们确认一下，剧场熄灯后，他们都坐在什么位置。”

“好吧，我们会弄清楚的。把他带走。”纽曼对拿枪的小伙子命令道。

没等他们离开，斯维奇尼科夫就开口说道：

“您来自彼得格勒的肃反委员会，您的目标是阿尔菲里耶夫。您干吗为我们俱乐部的事情这么操心呢？”

“我可不管你们什么俱乐部！我想找出杀害卡扎罗莎的凶

手。我们最好闲话少说，言归正传。您心里很清楚，他们开枪想杀的并不是她，而是您。昨天，波波夫失手了，所以，今天他决心改正错误。我认为，您并没有考虑到他，不过您有要提防的人，您知道是谁，所以就没有开灯……您怀疑的是谁？”

“谁也不怀疑。”

“瓦连金？西科尔斯基？”

“理由是什么呢？”

“俱乐部理事会主席是省执委会成员。除了定量配给的口粮，他还可以领取固定工资，俱乐部的保险柜和会费也由他支配，真是肥缺。西科尔斯基一直梦想得到这个职位，瓦连金——对这个职位也是垂涎欲滴。您妨碍了他们两人。很快就要选举了，您最有可能被选上。昨天在演唱会上，我听见，瓦连金对一个棕红色头发的年轻女子谈起这件事。她叫伊达·列维娜，过去她曾是他的情人，而现在是您的情人。”

“您是怎么知道的？”斯维奇尼科夫惊讶不已。

“从西科尔斯基那里听说的。今天，我与他见了面，告诉他，卡扎罗莎并不是训练班学员杀害的，而是另有其人。他马上就说，凶手的目标是您。”

“为什么就是我？当时剧场里全都是人。”

“是的，可是前面的所有观众都坐在座位上。只有您一个人站着，这一点我记得很清楚。子弹正好在您的头部高度飞过。我问过西科尔斯基，什么人极端憎恨您，以至于非要杀了您不可，他说出了瓦连金的名字。因为您，这个棕红色头发的女人甩了他，他有两个理由让子弹射入您的后脑勺。”

“因此您就逮捕了他？”

“不是。只是卡拉瓦耶夫检查了您的档案资料，发现了一封信的副本，这封信的原件在搜查阿尔菲里耶夫的时候找到了。信是瓦连金写的。他们教研室有一台拉丁文打字机。”

斯维奇尼科夫拿出一本《世界语正字法12课》的小册子，展示了书皮上的作者姓名。

“这是从瓦连金的图书室里找到的。他以世界语学者的身份，给另一个世界语学者阿尔菲里耶夫寄的这封信，这就是事情的全部。他读了他的著作，然后想对作者表达一下自己的意见。”

“您说的没错，”纽曼表示赞同，“审问的时候，他正是这么说的。明天我们就放了他。现在清楚了，卡扎罗莎是被波波夫杀害的。本来是想杀您，却误杀了她。您真是走运。”

吸了一口烟，他接着说道：

“昨天您刚走，卡拉瓦耶夫在学生中的一个情报员就前来见他，告诉他，波波夫早就扬言要杀了您。我全都明白了，于是下令开始跟踪他。我担心，他一直没有放弃要报复您的念头。波波夫10点半刚一出家门，我就得到了消息。我认为，自己应该亲自跟踪他。他走近学校，在台阶旁站了一会儿，然后朝院子里走去。工夫不大，就响起了枪声。我们朝校门口跑过去，看见我们，他拔腿就跑。路上还趁机把枪扔掉了。”

“您找到枪了吗？”

“天太黑了，明天早晨会找到的。我知道应该去哪里寻找。”

“达涅维奇也被学校开除了吗？”

“没有。他没被开除。”

“为什么呢？省委员会的档案里，我写的可是他们两个人呐。”

“达涅维奇是犹太人。他不可能有暴力倾向。”

“你们错了。”

“如果对您来说，这是一个原则问题，就请您单独写一份关于他的材料，”纽曼建议说，“他也会被开除。”

“您说过，相信我，”斯维奇尼科夫提醒说，“却亲自派人跟踪我。”

“这是卡拉瓦耶夫决定的。后来搞清楚了，给阿尔菲里耶夫写信的不是您，而是瓦连金，他随即就撤回了自己的警员。”

“几点钟撤销了对我的监视？”

“大约8点吧。也可能是9点，不会再晚了。”

“真是奇怪了。我和瓦金来学校的时候，后面还跟着尾巴哩。”

“这是您的感觉。我们走吧。”

他们来到院子里。

“我可以想象，究竟是什么可以成为你所喜欢的女人的死亡原因。在我看来，您对她抱有好感，”纽曼用讥讽的语气说，“作为男人，我理解您。这是一个迷人的女人！我们坐在火车上，我几乎就要爱上她了。”

树叶依然沙沙作响，风吹着破旧的白铁檐板发出叮当声响。夜空中满天星斗，在它们的映衬下，斯蒂凡·圣彼尔姆教堂右翼的锥形穹顶清晰可见。在这里的原始森林里，斯蒂凡曾经给兹梁族的异教徒举行洗礼，为他们编写字母表，并焚烧了嘴唇上涂满熊血的木偶。

“我也遭遇过这种事，”纽曼说，“1916年，在苏瓦乌基附近，德国人冲破了我们的防线，我们遭到反击。我匍匐在散兵线上，就听到从后面传来一声枪响。回头一看，是我们连长，他手里的手枪还冒着烟。他滥用公款，我是偶然间知道了这件事，他也清楚，我了解他的秘密。他在我身后开枪，却误杀了我前面的一个士兵。”

已经来到了街上，他问道：

“您知道普卢塔尔赫吗？”

“听说过，但没有读过他的作品。怎么？”

“他清楚地解释了，为什么世上一切都在重复。非常遗憾，我没有背下来，用自己的话来复述，又觉得不伦不类。”

很多年以后，斯维奇尼科夫在普卢塔尔赫的作品里找到了这段话：

时间无尽，命运无常，因此，毫不奇怪，不同地点，不同时间，彼此相似的事件频繁发生。要是宇宙中最重要粒子其数量无限，命运在其本源中就会发现创造类似物的丰富源泉。相反，如果世上发生的一切基本都有数量有限的原始粒子，同样原因促成的事件当然应该多次重复。

2

次日，瓦金并没有去宾馆，决定直接去学校。从玛雅·安东诺芙娜那里得知，斯维奇尼科夫与世界语者们的见面会安排在晚上6点钟。

午饭之前，他一直待在自己的房间里，翻看着那些老旧照片。

一个年轻女子风姿绰约地依偎在海滨疗养院的栏杆上。身着圆点连衣裙，波浪式的卷发，一只手擎着遮阳伞，另一只手里是女士手包，钱款随身携带更加安全可靠，手包里还有口红、小镜子和疗养证。

她身穿一件萨拉凡布泳装，半躺在海浪中，身边浪花飞溅，背景是某个人的一双裸腿。她脸上荡漾着灿烂的笑容，流露出幸福的神情。照片上的题词是："来自雅尔塔的问候"。

最后，腋下夹着一条鼓鼓的救生圈，生活中的女主人从海浪中来到克里米亚炽热的鹅卵石沙滩上。请停一下，就一会儿！一尊新的维纳斯雕像正从泡沫中诞生，只见她迎着太阳，迎着棕榈树，迎着三道菜的午餐，这是头戴白色盾形头饰的一位女服务员送来的，迎着舞会，迎着赛马，迎着睡前的酸奶。

娜杰尼卡，娜佳（两个名字是同一个人，前面是昵称——译者注）！

一生中，她只有一次幸运地去了一趟南方。现在，儿子几乎每个夏天都会去克里米亚度假，住在机关疗养院，儿媳则带着孙女有时前往霍斯特，有时前往阿纳帕，瓦金甚至不是每次都去给他们送行，而在那个年代，往往都是全家几代人一起出动。月台上挤满了送行的人群，随着第三遍铃声的响起，人群中传来一致的叹息声，可以听到某个地方传来的哭泣声。就像个孩子，他跟随缓缓离去的火车奔跑，不停地挥手，直至看不见为止，唯恐没有记住娜佳的最后一次挥手。频繁的飞吻在送行和离去的人们之间飞来飞去。孩子们哭泣着，火车车窗内坐着前去度假的女人们，个个泪痕满面，度假的男人们显得愁眉苦脸，沉闷地吸着烟。有人干脆就在铁轨上切开面包。还清晰地记得，漫无尽头的俄罗斯道路，那令人恐惧的神灵要求赎罪的贡品，就像在祭坛上一样，它在车站月台上空不停地徘徊游荡。

在那里，就在雅尔塔，娜佳遇到了奥西波夫。她差不多有20年没有见到他了，但立刻就认出了他。他完全没有像前妻预言的那样，变成墙根下的酒鬼，相反，他容光焕发，身强体健，是个沙滩风光摄影师。他戴着一顶毡帽，有一个亚美尼亚妻子，三个黑眼睛的孩子和一条名叫伊索的高加索牧羊犬。

卡扎罗莎的葬礼之后，奥西波夫就从这座城市里消失了。娜佳在雅尔塔沙滩上遇到他之前，无人知晓他的任何消息。临走前，他送给她一瓶“佩德罗”葡萄酒。

度假回来的当天，他们就打开了这瓶葡萄酒，生活看上去甜蜜美好，就像这瓶来自马桑德拉的葡萄酒，在回程火车上，它差点儿连同手提箱一起被人偷走。晚上，两人一起喝酒，儿子在屏风后面睡着了，或许，这是他们依然年轻的最后一个晚上。他们一起喝着酒，就像那些对青春说再见的人一样，思考和谈论的只有当下。

娜佳跟弟弟、妈妈、奶奶以及尚未结婚的姑姑一起住在塞纳街。经过他们家的时候，瓦金看到窗户里的灯光，脑海里不禁浮想联翩，或许，此刻她正赤身裸体躺在床上，身上只盖着一条床单。想到这里，他兴奋地吸一口烟，但不敢去敲窗户，免得还要跟与她一起睡的姑妈解释，后者并不像马罗夫斯基《娇小女士》里的姑妈费伊·德尔-里瓦那样聪慧机灵。

5分钟之后，他走近自家门口，不禁浑身一哆嗦——只见一个男人坐在他家的门前台阶上。月亮被房顶遮挡，黑暗中看不清这个人的脸。

“别再吸了。”这个人说道，是奥西波夫的声音。

“晚上我要去你那里。”瓦金想起来了。

他深深地吸了一口，然后将所剩无几的烟蒂递给了他。

“就给自己兄弟留个烟屁股。”奥西波夫苦笑了一下。

香烟仅够吸上一口，空烟嘴被扔到了一边。非常奇怪，这只空烟嘴经过“长途”飞行，最后落在了小花园里，月色映衬下，那里生长的窄叶芍药变成了蓝色。上帝晓得妈妈给这里种的花草浇的是什么水。

“今天，我和斯维奇尼科夫去了您家里，”瓦金说，“他正在找您。他找您有点事情。”

“所有人都需要我。”奥西波夫回应道，周围充斥着一股家酿酒的浓重味道。

“您家里挂着卡扎罗莎演出的海报。您去了她的演唱会吗？”

“去了。”

“在彼得格勒？”

“为什么在彼得格勒？”

“这个夏季剧院在哪里呢？”

“你怎么……竟然……”奥西波夫拍了一下自己的额头，“不知道夏季剧院在哪儿？”

“那上面没写嘛。”

“没写，那是因为大家都知道在哪儿。”

“我自己就不知道。”

“你难道不知道夏季剧院位于城郊花园？”

“卡扎罗莎在那里演出过？”这次轮到瓦金吃惊了。

“那是5年前，演出获得巨大成功。她告诉我，即使在彼得格勒也没出现过类似情形。”

“你们就在这时认识的？”

奥西波夫摇摇头。

“不，在这之前……你听说过诗人瓦西里·卡明斯基吗？”

“当然听说过。著名的未来主义诗人。”

“顺便说一句，他还是飞行员哩。战前。他来我们这里巡回演出。白天，他乘坐水上快艇泛舟卡马河，晚上，在夏季剧院朗诵诗歌。”

奥西波夫眯起眼睛，一副沉思的神情，开始朗诵起来：

德黑兰和孟买，莫斯科和威尼斯——

天鹅之人的飞翔之路……

那个夜晚，他明白了，其他任何一种生活都不可能幸福美满。

临近秋天，他自己的飞翔之路经由加特契纳航空学校的修配厂得以伸展，对此，瓦金以前根本没有概念。奥西波夫到那里当了一名机械师学徒，飞机驾驶员偶尔带上他以替代压舱物。他睡在机库里，吃的是香肠、面包，喝的是克瓦斯。他几乎所有的薪水都被一个文书拿走了，后者许诺说，将来帮助他通过考试并搞到飞行驾照，这是一个世俗而有权势的人，而教他飞行的巴里诺夫中尉是他同乡。他并不在意钱财。他说，起飞时最主要的就是记住规则，这是骑手们为障碍赛马所制定的："将自己的心越过障碍，跟随它去飞行！"着陆时这个规则同样适用。巴里诺夫并没有将航空学的其他秘密视为科学。他是一个讲究穿戴、注意仪表的人，经常佩戴色彩鲜艳的长围巾，围巾的一端搭在肩后。有一次，起飞时长围巾卷进了机舱后面的螺旋桨里。巴里诺夫生命中第一次，也是最后一次比自己的心提早降落。他坠落在加特契纳的公园里，距离宫殿不远，及时地从这座灰色的双塔庞然大物上面飞过，第二天早晨，葬礼之后，文书就给奥西波夫颁发了许诺已久的飞行驾照。

瓦金耐心地听着，期望马上听到他与卡扎罗莎之间相识的故事，可是，故事并未开始。

“就在那天，”奥西波夫说，“我给姐姐发了一封电报。”

建议她以半价购买他在化工品商店遗产中所占的份额，她很快就凑齐了这笔钱。钱款通过电报寄来，利用这笔钱，奥西波夫从公家手里买下了巴里诺夫的“法尔曼-30”，它已经变成了一大堆扭曲变形的管子、铁架、张力构件，还有一台同样拆散的机器，看上去如同被翻动过的蚂蚁窝。经验丰富的机械师只好辛勤工作，以便从这堆破烂中努力修复出一架漂亮飞机，它将汲取父母——“法尔曼”和“西班牙-苏伊萨”身上的所有优点。没有马达技工的帮助，它使用吊舱把手进行发动，这在孤独的远行中非常重要。用拉动式螺旋桨取代了杀死巴里诺夫的推进式螺旋桨。1914年4月，奥西波夫将这个怪物运到了铁路月台上，并带着它一起去了南方，去了沃罗涅日，打算在那里，在广阔的大草原上开始天鹅人的生活。

在加特契纳，一个组织巡回演出的骗子对他纠缠不休。他对奥西波夫许以重金，而作为开始，他从奥西波夫那里拿走了他卖掉化工商店剩余的200多卢布。用这些钱印制了海报，储备了汽油，开始了巡回演出。

沃罗涅日省到处都是平地。两个月来，奥西波夫从一个县城飞到另一个县城，在城市里的牧场起飞，牧场长满干燥的牛粪饼和白色的粉状蘑菇，仲夏季节，大量的蘑菇从厩肥中破土而出。这些苍白而不卫生的植物在每个城市都有自己的名字。它们有无数的名字，因此也就意味着，从本质上来说没有名字。而所有称不上名字的东西，也不能被遗忘。飞机轮胎上粘着许多碾碎的蘑菇，奥西波夫翱翔在果园和钟楼的上空，微微摇晃一下机翼，向下面聚集的观众示意问好，随后挥动着帽子在空中绕飞一周，就像一只训练有素的猴子。如果配上诗歌朗诵，飞行时间可以减少一些。收入勉强够用，住在一个廉价的旅馆里，其名字取自某个欧洲国家的首都。

最后，命运将他带到了鲍里索格列布斯克。

起初，这里的一切跟平时一样，但起飞之前，观众们已经聚集好了，这时，一个衣着讲究的先生走到奥西波夫跟前，要求他从空中抛撒广告纸，可以为此支付10卢布的预付款。奥西波夫同意了，收了钱，拿过这些海报，没有看海报的内容，从很高的空中抛撒下来。飞机成功着陆，着陆时甚至都没有猛烈颠簸。他费力地刚刚爬出机舱，两名警察就冲过来抓住他的手，随即将他带到警察局。原来，他在城市上空抛撒的是无政府主义政党的宣传单。

让他抛撒广告的那位先生消失得无影无踪，此人存在的事实变得无从考证。甚至组织巡回演出的那个人也逃之夭夭。仅过了一天，沃罗涅日宪兵就到了，飞机被没收，奥西波夫被强行遣送回国，交由警察监视。

审判进行期间，他被允许住在旅馆而并非监狱里。晚上，他拿着一本书懒洋洋地躺在自己的房间里，突然有人敲门，一个肤色黝黑、风度优雅的女人走了进来。她身材娇小，如果你不站在她旁边，就不知道她有多么娇小。她身穿系领带的水手服，戴一顶草帽，脚上穿着一双舞鞋。一走进房间，她立刻跪在地上，嘴里说道；“请原谅我们！我们在您面前永远有罪！”

奥西波夫急忙将她搀扶起来，随即弄清楚了，这个女人正是那个无政府主义者的妻子。为了弥补丈夫的过错，她把自己交给了他，委身于奥西波夫，真是一个迷人的小精灵。他们度过了奇妙的一夜，随后还有几个这样的夜晚。情爱之欢无尽头，到了早晨，床单已经被欢爱的汗水浸湿。爱抚的间隙，他给她朗读自己写的诗。天气很热，黎明时分，苍蝇嗡嗡直响，开始拍打窗玻璃。她从床上爬起来，赤裸着身子，用报纸拍打它们。他们早饭喝咖啡、吃小面包和煮得半熟的溏心鸡蛋。等着煤油炉上的水烧开，可以把《我们的父亲》这首诗从头到尾读上两遍，这段时间，蛋白和蛋黄的密度达到了适合她的程度。看着她以炼金术的精确，按照众所周知的金银比例，将勺子放在他的嘴唇上，他幸福得简直乐不可支。她身上的一切都令人陶醉，她甚至利用煮鸡蛋的间隙来做祈祷。天地和谐，在他面前，自然界的秩序展现出一种妙不可言的形态，不是在云层之下，而是在地上，在这个女人身上。一架被没收的飞机与整整一个星期能拥有她，比较而言，这种无上幸福的代价并不算昂贵。

分别时刻来临之际，瓦金早就清楚，所有这些从来都没有发生过——没有戴长围巾的巴里诺夫中尉，没有拉杆式螺旋桨的神奇飞机，没有拿传单的无政府主义者，更没有卡扎罗莎在县城宾馆的房间里拍打苍蝇，在煤油炉上煮鸡蛋。

他并没有说话，等着他继续讲下去。

“一年之后，”奥西波夫说道，“我们又见面了。”

正如瓦金猜测的那样，这第二次见面事实上是唯一的，因为从现在开始，一切都完全合乎情理，除了故事前半部分的某些细节之外。这时，卡扎罗莎的丈夫因某种原因已经不是无政府主义者，而是一个社会革命党人了，并且是党中央的一个重要人物，在乌拉尔地区进行秘密巡访，考察党内干部。他来到卡马河沿岸地区，奥西波夫在地方组织的其他成员中认识了他。这位客人介绍自己是托克马科夫，而他们大家都知道他的真实姓名——阿尔菲里耶夫。握着奥西波夫的手，他说道：“我觉得，我和您在哪里见过面。”奥西波夫竭力劝阻他这么说，因为谈话时卡扎罗莎也在场。所有账单都由她支付，花费绰绰有余。自然，无论是言谈话语还是行为举止，他们两人都没有暴露自己老相识的身份，尽管他们两个人竭力控制自己，免得扑到彼此的怀中。卡扎罗莎陪同丈夫巡察，并且尽可能参与到他的事业中，但是没有逃过奥西波夫的眼睛，她并不喜欢这些。在即将到来的革命中，她是一个他人血腥祭坛上的偶然献身者。

茶叶贸易商人格里布申，他是个有名的音乐发烧友，在街上认出了她，随即鼓动她在夏季剧院举办演唱会。在那里，她平生第一次演唱了奥西波夫专门为她写的歌，这首歌唱的就是她本人。或许，她的故乡在塔希提岛上……他悄悄将一张写满字的纸条塞到她手里，而她亲自给这些词谱上了曲。演唱这首歌的时候，她只望着他一个人，两眼闪动着泪花，他也哭了，就像孩子一样忘了羞怯。

那一年，炎热的夏天出奇的漫长。大部分的演唱会收入都用在了党务活动上，卡扎罗莎用剩下的钱在卡马河右岸租了一套别墅。她和阿尔菲里耶夫在那里住了10天左右，直到开始下起连绵不断的秋雨。奥西波夫去他们家里做客。大家一起在河上泛舟，在松林里采拾蘑菇。他们卧室的窗户朝西，黄昏时分，玻璃、窗帘、墙上的壁纸被晚霞染上一层玫瑰色。随后，天气变坏，他们就离开了。

“昨天，我们还没抽空聊一聊，”奥西波夫深深叹了一口气，“我有意没去找她，不想在演出前让她过于激动。本想演唱会结束后再去，不愿在观众面前显露我们的关系……再给我一支烟。”

火柴划过火柴盒，发出刺耳的声音。周围一片死寂。这种时刻，如果相信老奶奶的话，仿佛能听到鼹鼠在花园里打洞的声音。

“她认出您了吗？”瓦金问。

“她怎么能认不出我！整整五年呐，炽烈的爱情——可不是逢场作戏。”

奥西波夫站了起来。

“走，去看看她的手包。我要拿点什么东西留作纪念。”

在斯维奇尼科夫检查之后留下的东西里，他挑选了一个天鹅状的空香水瓶。瓦金心里知道，这种鸟会让他永远记住这个小精灵，那是在自己的展翅之路上，奥西波夫遇到的美丽精灵。

“我可以在你这里过夜吗？”他问道，“不仅只有斯维奇尼科夫在找我。邻居告诉我，白天有两个警察来过。或者是他们又想起来，我曾经是个社会革命党人，或者是我老婆，这个臭婊子，肯定在说我坏话。”

“您并没有跟她住在一起呀。”

“是的，没有住在一起，但有时她也来。比如说，昨天晚上就来过。”

“喝醉了？”

“没有，喝得不多。”

“您对她做了什么？”

“跟她睡了，这可是她的要求。”奥西波夫说，“顺手从床垫底下拿走了3万卢布。明天卡扎罗莎要下葬，用作安葬费。”

第十二章 温柔的标志

对面房子里的灯都熄灭了，只有楼门洞像一口深井，在夜色中显出幽暗的黄色。

这些房子的后面，有一座小动物园，以前这里是社会名人的墓地。关着动物的笼子和圈着猛兽的围栏下面，躺着的都是六品官员、钢铁厂的厂长、成功商人、退伍将军和上校、大学老师以及具有德国姓氏的医生。这个地方位置不错，从这里可以看到卡马河和远处的对岸，景色宜人，同时，这里还位居市中心。斯维奇尼科夫当时就决定，卡扎罗莎应该长眠在此，不过值得庆幸的是，省执委会没有批准。没有获得下葬许可，否则，动物园里的这些狮子、棕熊、猴子就将围绕着雅科夫列夫画像上的这位娇小女人，数十年来在她的头上交配和拉屎。

她被葬在叶戈希赫河畔的墓地，在这条河里，男孩子们经常为城里的两家药店抓捕水蛭，墓地位于宽阔的河谷尽头，将城市与炮厂所在地隔离开。众多墓穴早就选在皈依全圣教堂周围的椴树树荫下，以前这里曾是个简陋的墓地，几条小溪沿着山坡缓缓流淌，在非斯拉夫人和异教徒的墓地周围，溪水刻画出轮廓清晰的长方形。路德教墓地靠近波兰人，而犹太人墓地紧挨鞑靼人，墓地被分成不同大小的两块。较小的那块上面排列着四面体的柱子，柱子顶端有伊斯兰教男人的缠头装饰，石板上长满青苔，将阿拉伯字母染成绿色；稍大的那块上面，杆子和木橛无序地插在地上，顶端白铁皮制的新月显得五彩缤纷。在这块墓地的边缘与埋葬因伤寒死于地方战地医院的捷克士兵们的硕大墓地之间，不久前，按照东正教仪式举行了安葬，地上竖起一个舌状标志。它的顶端，尚未变干的黏土堆成的坟丘上，竖立着一个新鲜松木制成的十字架，泛着微微的白色，上面是用烧红的钉子烙刻而成的两行铭文：济娜伊达·格奥尔吉耶芙娜·卡扎罗莎-申舍娃，演员，逝于1920年7月1日。

出生日期并没有烙刻。“也许，她永远只有15岁。”斯维奇尼科夫回忆说。任何人都不应该知道这个日期。一个真正的女人总在隐瞒自己的年龄，即使是离世之后。

“我们乘坐同一列火车来到这里，”站在旁边的纽曼说，“她并不知道我是什么人，我们相互认识，我自称是她的崇拜者。在格拉佐夫火车站，我们一起去打开水，排队的时候，她对我讲了一个笑话。内容大致是：一个德国人沿着铁路行走，询问同行的旅伴：‘为什么俄罗斯的所有车站都叫一个名字？’对方问道：‘这话怎么讲？’‘是这样的，’德国人回答说，‘所有的车站都写着同样的字样：开水、开水、开水。’早晨，我们就要到站了。火车还没有停下来，我和她一起站在车窗旁，突然她开口说道：‘开水站，我们来啦。’我扭头一瞧，她竟然满脸泪水。”

绕过没来得及修整的小土丘，他们走向教堂，来到墓地入口的三拱门。这里有一群脸色苍白的女孩子在兜售纸花，几个乞丐坐在尘土飞扬的被暴晒的土地上。克洛布斯驾驭的那辆编辑部的四轮马车，正在这里等候。

大家在小道上鱼贯而行，前面是瓦金，去往墓地的路上，他详细地转述了自己晚上与奥西波夫的谈话内容。一切都清楚了，演唱会期间，卡扎罗莎看见了坐在后排的什么人，可是，她并没有回想起来。

纽曼走在后面。

“从早晨起，我们就把那里搜了个遍，”他走在斯维奇尼科夫身后，小声说道，“手枪没有找到。”

“有人在我们之前捡到便宜了？”

“不可能。天还没亮我们就开始寻找了。”

“这么说，波波夫并没开枪？”

“好像是这样。”

“那会是谁呢？”

“别担心，我们一定会弄清楚。卡拉瓦耶夫将接手这件事。”

“那您呢？”

“我被召到莫斯科去了，”纽曼愧疚地说道，“一小时后坐火车走。”

发黑的木制十字架包着铁皮，甚至还有铸铁的。他们来到了墓地中央的林荫道。道路两边出现了围墙、栅栏、长椅、鼻子被敲掉的悲伤少女塑像，带有石头帷幔和大理石柱的基座，上面覆盖着去年的落叶，像卖矿泉水的售货亭的家族墓穴，可是，即使在这里，建在林荫道尽头的花岗岩墓碑也非常引人注目，这是这座城市里第一位世界语者普拉托诺夫的墓碑。西科尔斯基把他视为自己的导师。

普拉托诺夫原先是个成功的商人，拥有一家鞋店和10家制鞋作坊。他对世界语产生兴趣之时已经是垂暮之年，然而，他迷恋至极，以至于他的财产继承人试图宣布他精神失常了，因为他立下遗嘱，将捐出绝大部分财产用于宣传柴门霍夫博士的思想。其中一部分钱款存放在弗里德曼和厄尔特银行。普拉托诺夫以半价出售他的鞋子。广告刊登在《世界语》杂志上，订单从四面八方涌来，包括莫斯科和彼得格勒。所有的俄罗斯世界语者，都脚穿他制作的鞋。经常出现这种情形——彼此不认识的人，通过鞋子而结识并且成为志同道合之人。

“早晨发来电报，”纽曼显得有些犹豫不决，解释着自己离开的原因，“原来，阿尔菲里耶夫并没有在这里，而是藏在了莫斯科。”

“他被捕了吗？”

“是的。也可以说，没有……在逮捕他的时候，他开枪自杀了。”

树叶丛中，一只山雀在不停地“吱吱”尖叫，沿着椴树的浓郁绿荫，钟楼的阴影伸向宽阔的谷地。那里，不像这里的土地又黑又肥沃，在贫瘠的土地下面，长眠着死去的塔希提女人，她是一只神秘鸟，是惧怕老鼠的爱丽丝。送给她一只猫的那个人比她多活了一天。

关于他，她这样唱道：

这座玫瑰色小木屋，

我与你同住在里面，

我们幸福地在一起，

共度我们平静一生。

从今以后，他知道了这座小木屋位于何处，这道玫瑰色的光影流洒在哪条河上。

大门外传来汽车的鸣笛声。

“我们走吧，顺便把您送到剧院。”纽曼建议道。

“谢谢，”斯维奇尼科夫谢绝了，“我自己有车。”

他在普拉托诺夫墓碑前流连徘徊。

这是一个花岗岩十字架，取自一块未削平的黑色花岗岩，上面还留有弹孔，这是一年半之前，警卫连的战士们守卫墓地，试图击退从炮厂向宽谷进攻的西伯利亚步兵。阳光照耀之下，用俄语和世界语书写的墓志铭，上面破损不堪的字母闪烁着淡淡的金色：用统一语言赞美上帝之人无上幸福。

辞世日期——1912年5月。折扣价购买的靴子早已穿旧，穿破，只适合烧旺茶炊。

总之无上幸福！

葬后宴在剧院的一个化妆间里进行。奥西波夫将一瓶马乳酒放到桌上，瓶嘴塞着报纸当作软木塞，米拉舍芙斯卡娅将马肉香肠切成薄片，然后切了面包。成套的餐具、盘子和高脚杯都是取自道具。华丽的瓷盘里盛着黄米蜜粥，表层撒着昂贵的葡萄干，蜜粥呈现出一种灰色。此外，还有充足的洋葱和萝卜。

瓦金离开去了编辑部，世界语者中只有西科尔斯基一人参加葬后宴，不过，15个巡回演员、当地乐队成员以及剧院经理，这些人还是围着桌子坐满了。这个经理有一张乡下人的脸，眼睛就像刚刚吸完可卡因，作为曾经的红色游击队队员，他才得到了这个职位。一个打扮得花枝招展的俗气女人紧跟着他，原来她是剧院的检票员。在墓地的时候，斯维奇尼科夫并没有看到她，可现在她却身穿华丽的丝绸丧服——显然是戏装，出现在众人面前并主持葬后宴，后来，一个长得像克伦斯基、来自彼得格勒的男中音歌手自告奋勇，想说上两句。简短的讲话中，他将死者描述成为艺术无私奉献的典范，同时，将手中的酒杯伸过桌子，去跟经理的酒杯碰杯。那个女检票员只好提醒他，按规矩葬后宴上不能碰杯。

他喝了一口奥西波夫带来的马乳酒，立刻厌恶地浑身一哆嗦。

"真难喝，这是什么鬼地方……呸、呸、呸！"

西科尔斯基愤愤不平，用自己唯一可采取的方式来捍卫这座城市的荣誉——开始列举一些人的姓名，这些人被专制制度流放到这里。在这个群像里，雅科夫·斯维尔德洛夫如同一颗耀眼的明星闪耀着光芒。紧随其后的是科罗连科和赫尔岑，两人是十二月党人，还有一个大学生，他在红场上的米宁和波扎尔斯基塑像上张贴反对农奴制的宣言。后来，半个世纪之后，出现了一个名叫特沃罗戈夫的办公室职员，这是一个冒名顶替者，他来自沃洛格达。在叶卡捷琳娜女皇时期，他假扮成印度戈尔康达的王子，被阴谋篡夺王位之后逃往俄罗斯。特沃罗戈夫用戈尔康达语写诗，而用俄语写自己忘恩负义的遥远故乡的历史，但是故乡毕竟是可爱的。后来，他的身份被揭穿，随即被流放到乌拉尔，在这里，由于身患肺结核，半年的时间一直高烧不退，好像他的家乡其实并不是沃洛格达，而是那个不在石洞里数钻石、不在正午的海里数珍珠的国家。临死前，他向湿婆神和婆罗贺摩祈祷，可是他接受了东正教的圣餐。把他视为反农奴制的斗士，人们将其葬在叶戈希赫墓地。这也表明，卡扎罗莎身处这种群体并不可耻。

“墓地里有狗！看见了吧？”剧院经理问。

“是的，是的，里面有很多狗！”乐队成员中有人随声附和。

“什么原因呢？因为尸体埋得太浅了。4月份一到，真是不敢想象！省执委会有决议——埋葬的深度不能少于3俄尺。没有得到执行！所以狗就来了。”

“墓穴被刨开了吗？”米拉舍芙斯卡娅一脸惊恐。

“那是当然！现在，这些狗对我们人类什么都了解。我们只要一发兽性，这些野兽立刻就能明白我们——呸！它们看透了……瞧，在切尔登就发生过这种事情。白匪被从那里赶跑，我们随后进城，有两只狗紧紧地跟着我们。它们瘦骨嶙峋、憔悴不堪，吃的是粪便。这两条狗一直围着我转悠，一直在转悠！一会儿跑开，汪汪地狂吠，然后又跑到我身边。我心里想，它们是在给我引路，肯定是这样。于是，我就跟在它们后面。你们猜怎样？它们引导我，让我找到佩佩利亚耶夫军官们的藏身之处。然后，就像乞丐那样乞讨，似乎在说，指挥官，付给我们报酬呐。”

“你们怎么处理它们的？”

“军官们吗？没有怎么处理，直接交给了司令部。而这两条狗被我亲手射杀了。它们身上有些东西让我感觉恶心。”

“永远纪念为革命事业的献身者。”奥西波夫说道，随即从公文包里又拿出一瓶酒。

从妻子那里偷来的钱，好像在他的衣袋里安家落户了，不能轻易花掉。

“真是个大力士！”他回应说，斯维奇尼科夫让他聊一聊阿尔菲里耶夫，“他曾把两磅重的东西扔过小木屋顶。”

“两磅重的东西？”斯维奇尼科夫半信半疑。

“确切说，有一磅重。”

“扔过屋顶？”

“完全可以嘛。什么样的女人就喜欢什么样的男人。”

“什么样的？”

“胸部大一点的。”奥西波夫用两个手指示意。

来到墓地，他就一副醉醺醺的样子，而现在，他竭力表现出一个优等生不屑一顾的得意神情，做出仿佛事先就知道老师将要讲解什么的神气样。在完全丧失意志之前，这种表情会一直留在他脸上。

不用再跟他交谈了，斯维奇尼科夫坐到了米拉舍芙斯卡娅身边。她用眼神示意着奥西波夫：

“用于葬礼的钱是这个男人拿的。”

“我知道，”斯维奇尼科夫点了点头，“他以前认识卡扎罗莎。”

“或许，济诺奇卡想在这里见到他？”

“不是，5年前，她和阿尔菲里耶夫一起来过这里。也可能，就是想回忆一下过去吧。”

“为什么您之前不说呢？”

“我也是刚刚听说。”

“今天，我想起来了她童年时期的一件往事。在柏林的时候，济诺奇卡就给我讲起过。我们一起吃着樱桃，她就回忆起了往事。”

“她出生在什么地方？”

“喀琅施塔得。”

“父母是干什么的？”

“她父亲是船上的医生……所以，她小时候不好好吃饭，奶奶把面包片切成小块儿，一块块排着队放到盛着牛奶的杯子里，然后开始用不同的嗓音尖着声音说：‘我是第一个！’‘不，我是第一个！让济诺奇卡先吃我！’于是，她就会迅速将它们全吃光。而且还劝说这些面包片：‘别说话，别你推我挤，都会把你们吃掉的。’”

“为什么跟雅科夫列夫离婚？”

“因为阿尔菲里耶夫。”

“请说一说他吧。”斯维奇尼科夫请求说。

“说些什么呢？”

“随便说。我对什么都感兴趣。”

“长相吗？”

“行，这个也可以。”

“作为一个男人，他很有魅力。不错，他秃头，不过这一点并不影响他的魅力。他中等个头，瘦瘦的，强壮有力。很像个体操运动员。您知道，这种灵巧体质，动作灵活，很有表现力。可脸上的表情却恰恰相反，神情呆板，让人觉得索然无味——偶尔咧嘴笑一下，眯缝起眼睛，皱着眉头看人。他对世界语很感兴趣，在盲人‘世界语’俱乐部里负责一个配乐朗诵小组的工作。有一次，济诺奇卡带我去看他们排练，我心里想，他自己那张毫无生气的脸，看上去就像是一个盲人。尽管这样，也还是个演员。当然，是个不成功的演员。他和济诺奇卡开始一起在迈耶霍尔德的滑稽剧院演出。彼得格勒就有一个这样的小剧场，大约在战前两年就关闭了。”

“您可能弄错了。这种小剧场直到1918年还存在哩。”

“在哪里呢？”

“在盐城。潘捷列莫诺夫大街，有两个。”

“哦哦，这是滑稽剧院的影子而已。那个，第一个小剧场位于加莱尔内街。他在那里与济诺奇卡相遇。带着这样一种面部表情的人，用什么方式走上舞台表演，对我来说是个谜，可是，他得到了观众的认可。在那张索然无味的面孔下，人们看到了一种压抑的激情。”

“她没在吗？”

“怎么能不在呢？在，只是他阻拦不住她。开始的时候，他是一名无政府主义者，后来成了社会革命党人。十月革命之后，与布尔什维克交上朋友，很快又跟他们吵翻了，离开去了基辅。在那里炸死了一个德国将军。”

“艾希霍恩。”

“正是，正是。有一天，济诺奇卡给我展示了他的来信。您看见了吧？他不按要求在单词末尾的唏音之后写上软音符号，并要求她也这么做。在乌克兰，他跟这些软音符号、跟德国人、跟布尔什维克，还跟什么人一直做斗争。邓尼金开始进攻，他就去跟邓尼金作战，而跟布尔什维克和好。邓尼金被打败，布尔什维克立刻又成了他的敌人。当然，这些年济诺奇卡跟着他一直饱受痛苦。”

“后来她就与他分手了？”

“没有，但是他们最终会走向陌路，这是自然而然的事情。奇卡死后，她告别了舞台，而阿尔菲里耶夫打算把她拉进自己党的事业中。他需要一个妻子加战友。对于这种角色，济诺奇卡完全不适合。”

“她爱他吗？”

“非常爱。”

“那他爱她吗？”

“怎么跟您说呢……过去的生活中，他需要她。她弥补了他的不足，在情感上软化了他的冷酷无情。与现在相比，共同生活的陈规虚礼在当时起到了很大作用。革命之后，他并不需要再保持一副和善面孔。这只会妨碍他。”

斯维奇尼科夫给她展示一张背面写着诗句的戏票：

我是一个女人，

剖开我的灵魂吧——

它又黑又冷，像寒冰。

“她的笔迹？”

“是的……您这是从哪里弄到的？”

“临上台演出前，她不小心掉落的。我捡到了，但没来得及归还。”

不想承认，这是在她手包里翻找到的。

“悲伤忧郁，但符合情境。”看完这几句诗，米拉舍芙斯卡娅评价说，“在这种心境下，她度过了自己的最后一段时光。”

周围的一切在烟雾中飘浮晃动。西科尔斯基正与一位来自彼得格勒的女伴奏员打情骂俏，歌手们更喜欢当地乐队里的女士。奥西波夫趴在桌子上打着呼噜，那个女检票员得意地坐在经理的大腿上，傲慢地看着这些乐队成员。一个过去的游击队员告诉她，在第三军团司令部，他如何让那些空军飞行员懂得自知之明。

“我对他们说，”他高声说道，攥紧拳头，仿佛里面握着一把看不见的军刀，“我们是靠它赢得胜利！而不是靠你们的汽油臭气！”

一个非常务实的女伴奏员总是追问西科尔斯基，是否能在这里便宜地买到山羊毛，一个男中音赞叹着卡马河的宽阔。

“差不多跟涅瓦河一样宽阔。”他说。

有人回答他说：

“更宽阔！更宽阔！”

“济诺奇卡的房间里挂着一幅肖像，”米拉舍芙斯卡娅说，“这是雅科夫列夫画的，当时他们还是夫妻。她站在荒凉的空地上，身边野兽环绕，手里拿着装着一只天堂鸟的鸟笼。这是她的心声。她的灵魂……在彼得格勒，我家里有这幅肖像的照片。您想要的话，我可以给您寄来。”

米拉舍芙斯卡娅一边记下邮寄照片的地址，一边说道：

“济诺奇卡直接从剧院去俱乐部找您，她随身带着一个手包。您知道，这个包现在在哪里？”

“在瓦金那里。那个小伙子，今天跟我在一起。”

“我需要这个手包。想拿走里面的一样东西。”

“什么东西？”

她用怀疑的目光看了他一眼。

“怎么，您翻过她的东西？”

“瓦金在编辑部，”斯维奇尼科夫解释说，佯装没有听见她的问话，“手包在他家里。我跟他说一声，让他晚上给您带过来。”

米拉舍芙斯卡娅想了想。

“不，最好换个方式。4点钟我出城参加一个演唱会，之后我自己去他那儿，这样更方便。他住在什么地方？”

“离这儿不远。我给你画一下路线图吧。”斯维奇尼科夫自告奋勇。

画草图的时候，斯维奇尼科夫发现达涅维奇站在门口。后者用手势示意他，有事找他。

“昨天我吩咐，让波波夫11点钟到学校来，”斯维奇尼科夫来到走廊，他报告说，“他来了吗？”

“你为什么不来？”

“我妈妈心脏不舒服。给她打了针。”

“不要撒谎。”

“这是真话！我去请的医生。”

斯维奇尼科夫一把将达涅维奇推到墙角，伸手抓住他胸前的衬衫，向上拽到他的喉咙处，衬衫从裤腰里抻了出来，他问：

“是你朝我开的枪？”

看到西科尔斯基来到走廊，他使劲摇了他一下，松手放开了。达涅维奇马上冲向西科尔斯基。

“伊万·费德罗维奇，请证实一下，您昨天晚上是在我们那里。”

“是的。发生什么事了？”

斯维奇尼科夫没有说话，默默地从他们两人中间朝门口走去。

前天集会之后，空荡荡的门厅就由那个胶合板制成的巨大红军雕像守卫，他的嘴像手风琴似的张开着。7.62口径枪口上配着一把刺刀，上面悬挂着一串高尔察克手下的将军木偶：佩佩利亚耶夫、济涅维奇、维尔日比茨基、撒哈罗夫，乌科-乌戈维茨。

剧院前的广场阳光明媚，阳光照射下，彼得格勒剧团的演出海报已经褪色。上面写的是：罗曼塞罗·阿尔罕布拉斯，俄罗斯平原歌曲。

他解开驭马克洛布斯的缰绳，坐进四轮轻便马车，这时看见西科尔斯基从楼门洞里出来，于是朝他喊了一声：

“一起坐车走吗？”

“您要去哪里？”

“没关系的。先送您吧。”

“我要去耶稣升天街。”

“太好了。上车吧。”

西科尔斯基上了马车。

“真是个可爱的女人，”他说，显得很亢奋，葬后宴上的激情尚未冷却，“既会弹钢琴，又会织毛衣。我答应她，帮助打听羊毛的价钱。”

说的是那位来自彼得格勒的女演奏员。

“顺便问您一下，”斯维奇尼科夫说，“您知道这两行诗句出自哪里吗？‘巴比伦，巴比伦，神奇的功绩。’”

"知道。出自佩切涅格-盖多夫斯基的《巴别塔之诗》。"

"真的吗？"

"是的，他写诗，也写散文。是个多产作家。"

斯维奇尼科夫伸手抓住了缰绳，这时，心里不免产生一种莫名的不快之感，似乎，这种感觉往往出现在这种时刻，即回忆起某件非常重要的事情之前，它本来应该成熟起来。但就是不能成熟，只是停留在指尖上，在那里跟血液一起跳动，让人有种不可言喻的痛苦，如同被遗忘的梦境。

第十二章 黏士鸟

战前，斯维奇尼科夫在对外人民贸易委员会工作。1938年冬天，有人往他单位打电话，语气客气，但态度坚决地提出建议，希望他能在莫斯科“萨柳通”世界语俱乐部的关闭仪式上发表讲话。此前，首都的其他俱乐部都已停止了活动，其成员都悄无声息地消失在另一种生活里。柴门霍夫博士的追随者并不受人尊重，斯维奇尼科夫并未过多宣传自己的过去，但在那里，他这个级别人物的一切都应该人所共知，事实上也的确如此。拒绝不可能，然而，像许多人的所作所为，大庭广众之下捶胸顿足，低头忏悔，痛哭流涕，同样不应该。忏悔之后，这些人立刻消失得无影无踪，表现得越真诚，消失得就越迅速。

人们集合在皮革厂的文化之家。代表老一代世界语者，斯维奇尼科夫照本宣科，读完了经过妻子严格校对的话语。讲话的意思可以归结为：随着十月革命的进行，党对世界语的态度没有任何改变，如果说，以前“世界语”俱乐部得到了支持，而现在它们正在关门歇业，可见，是他们自己变了，而不是党的路线。近20年来，党的路线始终如一。只是需要有勇气承认这一点。

这些世界语运动的最后莫希干人，都安静地端坐在那里，就像一群小老鼠，只有第一排中一个棕红色头发的肥胖女人，用手帕捂着脸哭泣起来。然后，她抬起了头，斯维奇尼科夫认出，这是伊达·拉扎列芙娜。演讲结束后，他来到下面的池座，但她已经不在那里了。

“我们小组负责看管她的坟墓。”玛雅·安东诺芙娜得意地说，手里拿着一个文件夹，里面是有关她的资料。

事先约定，6点差一刻在学校前厅见面。

“坟墓是在叶戈希赫墓地吗？”斯维奇尼科夫问。

“瞧您说的！那里已经有15年没埋过一个人啦。”

“那现在都埋到哪儿了呢？”

“我们这里有两个大型新墓地，北边一个，南边一个。”玛雅·安东诺芙娜回答说，语调跟昨天一样，当时她说，乌拉尔地区第一座横跨卡马河的最大公路桥正式通车。“伊达·拉扎列芙娜被安葬在南边墓地，那里更好。”

“好在哪里？”

“更近些……我们走吧，等着我们呢。”

早在秋天的时候，斯维奇尼科夫就读过世界语版的小说《命运之手，抑或绿色人之死！》，其中一半内容看不懂，不过，了解一半内容足够用以评价这部小说了。小说讲述来自不同国家的极右翼民族主义者，其中包括残余的俄罗斯黑帮，为了与共同的敌人做斗争，这些人决定暂时放下内部分歧，联手成立一个名为命运之手的秘密国际组织。他们的目标是，在肉体上消灭所有被他们称为绿色人的世界语者。这些密谋者并未考虑通过公平辩论击败敌人。的确，他们希望从内部瓦解世界语运动，借助雇佣的爪牙——伊多语和涅波语的支持者，然而，押在分裂分子身上的赌注并未得到回报，普通的世界语者根本不屑与他们交往，忠实地遵循柴门霍夫在《世界主义基本原理》中阐述的遗训。意识到了一点，在与世界认可的世界主义进步思想进行斗争时，自身的反动思想显得无能为力，这些密谋者向手无寸铁的弱者付诸武力——政治暗杀。他们追踪导师柴门霍夫的最忠实学生，对其施以毒手，从尸体上砍掉右手，夜里，在墓地一个废弃的小教堂里，用一块黑色天鹅绒蒙上诵经台，将受害者被砍下的手放在上面，然后在上面进行他们的可怕仪式，并郑重承诺绝不就此止步。

斯维奇尼科夫对文学略有研究，心里清楚这种胡说八道的代价，但他认为，当前的事情比文学兴趣更为重要。正是这种书籍可以引起广大群众来关注世界语。并非所有人都同意这种观点，不过，这有可能确保执委会同意用俄语出版这种书，并且向译者支付相关费用。西科尔斯基开始着手翻译这些世界语小说。他总是需要用钱，斯维奇尼科夫将自己读过的那本书给了他，书里有些地方做了标注。这表示，有标注的地方对读者具有吸引力。

比如，像下面这些地方：

“一只洗净鲜血的女孩的小手搁在黑色天鹅绒上，周围站着一群身穿黑衣的人。谢尔盖将一只眼睛紧贴锁孔，看见了他们。就是这些人杀害了安德烈和安娜，并且用死亡来威胁他本人。一个留着山羊胡须的高个子男人嘴里正在说着什么，可是声音很小，谢尔盖试图弄明白他说的大概意思，结果徒劳无功。一只夜鸟在教堂残破的圆形穹顶上不停地厉声鸣叫，盖过了从里面传出的说话声，不过，谢尔盖并不敢将其轰走。传到他耳朵里的只有一句话：‘让绿色人去死吧！’这些话不时地被聚集在里面的人们重复着……”

“我自己没有读过您的译本，不过，听说，您完全偏离了原著。”斯维奇尼科夫提醒说。

“这是谁说的？”西科尔斯基驳斥道，“瓦连金吧？”

“随便说说而已。”

“瓦连金，是瓦连金。再没有其他人。他还跟您说什么了？”

“他说，您的动机看上去很有说服力，杀害世界语者的凶手遵循的正是这一动机。”

“他是说，我让他们成了悲剧性人物，甘愿成为为公正却是无望的事业而战斗的斗士，是这样吧？”

“是这样。”

“一派胡言！这是佩切涅格-盖多夫斯基将这些人养成了要么是十足的傻瓜，要么是逢场作戏的恶棍。他们在我那里毕竟还像个人样。要证明这一点，只能说他们自有其道理。”

“什么道理？”

“比如，我们来看一个情节：主要的正面人物、世界语者谢尔盖与阴谋者布宾下棋。下棋期间，谢尔盖告诉他，热爱俄罗斯的任何人都不可能成为世界语运动的敌人，世界语中有大量的俄语词汇，所以，俄罗斯人应当为此感到自豪。原著中，布宾反驳任何事都显得力不从心。我觉得，这不完全符合现实。在我的译本中，布宾问谢尔盖：‘哪些俄语词汇进到了世界语中？’而谢尔盖仅仅想起了两个动词：**кваки**（世界语——译者注）‘呱呱’和**картави**（世界语——译者注）‘夸夸’。‘就这我也应该感到自豪吗？’布宾笑着说。还有其他类似的东西。如果您感兴趣，过后我可以指给您看，具体添加了哪些内容。”

“为什么不是现在呢？您请我到家里嘛，顺便喝点茶。喝完这该死的马乳酒，渴得要命。”

“这个……您知道，”西科尔斯基显得犹豫不决，“我老婆在场不是很方便。我不想给她找麻烦。她不喜欢有人贸然登门拜访。”

“不去打扰她。我们找个角落一坐，您指给我看就行了。”

街区尽头耶稣升天大教堂的圆形穹顶泛着幽蓝色，那里有一条同名街道贯穿而过。这座城市从高尔察克手中解放周年纪念日之际，这条街改名为“7月1日街”。

半小时过后，他们便坐在了西科尔斯基的家里。他的妻子叫奥莉加·格列博芙娜，她一头亚麻色的淡黄头发，显得疲惫不堪，脸色憔悴，神情有些紧张，一双手就像洗衣妇一样。与她相比，那个胸部丰满的彼得格勒女伴奏员简直就是一个完美的女人，对于一个不算年轻的男性知识分子而言，尤其如此。大家感到，对于奥莉加·格列博芙娜来说，为丈夫织件毛衣，这个想法如同做噩梦一般，至于弹钢琴，则想都不会想。她在厨房里忙碌，将锅和桶弄得叮当作响来发泄自己的不满，而斯维奇尼科夫伸开四肢懒洋洋地坐在客厅沙发上，听着男主人的解释。

“瞧这儿，”西科尔斯基拿开一个书签，“我加进了个人对巴别塔倒塌的看法。人们认为，似乎建造者受到了惩罚，因为骄傲自满、粗鲁野蛮，狂妄企图到达天国，并与造物主齐名的亵渎神明行为。我感觉，这种解释根本就是错误的，而佩切涅格·盖多夫斯基所写的简直是荒唐可笑。借用谢尔盖所说，出于对人类联合力量的恐惧，上帝摧毁了巴别塔的支柱。有人说，这个狡猾的老家伙采取了著名策略：分而治之。真是善心发作！”

“小点声！别吵醒了谢涅奇卡。”奥莉加·格列博芙娜朝屋里看了一眼，生气地说了一句。

“儿子吗？”斯维奇尼科夫问道。

西科尔斯基点了点头，随后几乎是耳语般地说：

“如果他惧怕人类，这还算什么上帝？难道一定让人类相互攻击，这样他们就不会联合起来把他赶下王位？这还算什么正面人物，竟然做出这种蠢事？读者怎么能跟这种人物休戚与共？我让自己将人物的性格复杂化……请读读这儿。”他指着说。

“谢尔盖悄悄地离开险恶的小教堂，”斯维奇尼科夫开始阅读，“他飞快地穿过坟墓，疾步朝前走去，前方是距离最近的城市棚屋，里面的窗户在黑暗中闪着微弱的黄色灯光。目睹的一切让他深感可怕，他的心阵阵发紧，充满着对这帮恶魔的仇恨，但同时，脑海中萦绕着挥之不去的想法，这种想法以前从未出现过，即使出现过，也会马上被视为异端邪说而驱出头脑。刚走几步，猛然间，他异常清醒地意识到，上帝摧毁巴别塔并非因为对人类的恐惧，而是出于对人类的爱……”

斯维奇尼科夫抬起头，疑惑不解地看着西科尔斯基。

“不幸的是，”西科尔斯基解释道，“这场灾难的外在样式对我们掩盖了其深刻的内涵意义。雷声，闪电，不幸的建筑工人在惊慌失措中四散奔逃。燃烧的黏土砖从上面飞向他们的头顶。有的人试图遮住脑袋，有的人摔倒了，有的人被压住或者困在废墟里。这是一种什么爱！但如果接着再看……还是接着往下读吧。”

“谢尔盖惊呆了，满脸错愕，”斯维奇尼科夫读着，“他第一次感觉到，生活在这样的世界里竟然如此冷酷与难受，这里的所有人都说一种语言。对他来说，这个世界如同一个巨大的房子，里面没有分成公寓和房间。里面没有一个人拥有自己的温暖角落，没有属于自己的微弱灯光。即使最为行善的政权，也变得残酷无情，没有任何希望，因为两个说不同语言的暴君随时会互相残杀。”

“顺便说一句，在《巴别塔之诗》里，佩切涅格-盖多夫斯基本人也表达了类似想法，”西科尔斯基指出，“这是他早期的一部作品，他青年时期表现得更为真诚。可以以您刚才援引的两行诗句为例。巴比伦发生的一切被描述为‘алта диа доно’，即上帝的神奇的功绩。”

“我们真不应该让您来翻译这本小说，”斯维奇尼科夫诚实地说，“现在看来，这本书弊大于益。瓦连金说得不错，您对世界主义感到失望。”

“说得不对，我是想让我们的宣传更加安全。在每次合适的时机，我们都需要强调，世界语——这是一门辅助性语言，否则的话，我们会树敌太多。”

“像现在这种情绪，如果我是您，就不会提名自己为董事会主席的候选人。”

“这不是您来决定的。”西科尔斯基回应说，语气显得异乎寻常的生硬。

斯维奇尼科夫刚要开口讲，这由俱乐部董事会来决定，这时，隔断后面一个奇怪的声音分散了他的注意力。奥莉加·格列博芙娜从厨房跑出来，接着跑进相邻的房间，西科尔斯基紧跟在她后面，同时对斯维奇尼科夫说道：

“您先坐一会儿，我马上就来。”

看来，是谢涅奇卡醒了，可是，这种低沉的哞哞声，丝毫不像孩子的哭泣声，不仅不像孩子的声音，而且也不像人类的声音。斯维奇尼科夫走到门口，稍微打开一点门缝，马上明白了，为什么西科尔斯基不想邀请自己到他家里来。

房间里充斥着一种沉重气息，那些上了年纪、丧失行走能力、卧床不起的老人所在的地方，往往就弥漫着这种气息。粗大灯芯的蜡烛燃着粗壮的火焰，在穿堂风中微微晃动，炉灶风门敞开着，这些都无法消除这种气味。站在门外，不敢将屋门开得再大一些，斯维奇尼科夫并没有看清楚，床上一堆破烂中坐着一个大约七八岁的奇丑无比的男孩，他浑身浮肿，身穿一件被口水弄得湿漉漉的衣衫。一双像中国女人一样的小脚，脚掌竟然朝上，一个白痴般的硕大脑袋。担心他睡觉时会掉下来，床的外侧用吊绳拦上了。

男孩坐在那里，双脚伸在吊绳的网眼里，只见他揉搓着庄稼人般的宽脸，晃动着身子，嘴里“哞哞”地叫着：

“洽……洽……洽……”

“茶，可见这是要喝茶。”西科尔斯基看了一眼斯维奇尼科夫，一脸不高兴的样子，随口做着翻译。

“我们的谢涅奇卡是个爱喝茶的孩子，我们的小鱼儿，就喜欢喝茶。”奥莉加·格列博芙娜温柔地说着，一边亲吻儿子的头顶，一边把他弄湿的床单从身子下面拉出来，“给他倒点儿甜水。”她吩咐丈夫。

“茶壶里有热水，还没凉呢。”

“往里兑点水。”

“用热水？”

“是的，用热水稀释一下。”

“洽……洽……”谢涅奇卡发着牢骚。

西科尔斯基两手一摊，脸上现出内疚的微笑。

“您瞧，尼古拉·格里戈里耶维奇，我们的糟心事。”

“你在说什么？”奥莉加·格列博芙娜恶狠狠地瞪了他一眼。

“真是糟心，他喜欢喝茶。”西科尔斯基摆脱了困境。

他开始手忙脚乱地翻动自己的衣袋。

“该死！我还给他买了个礼物哩！”

终于找到了，他递给儿子一个色彩鲜艳的黏土哨子。儿子用骨节粗大的畸形手指抓住哨子，身体依然毫无生气地左右晃动，所以，泥哨随即掉到了地上。西科尔斯基弯下腰，但斯维奇尼科夫抢先捡起了泥哨，把它举到嘴边，朝烟色的尾部吹了一下。泥哨发出了意想不到的柔和声响，听起来很像卡扎罗莎的声音。

男孩停止了晃动，脸也舒展开了。

“是小鸟？”他高兴地问道。

小鸟，小鸟“啾啾”叫，让人睡觉觉。只需一个词便唤醒了丑娃身上的人性。

给谢涅奇卡喝了水，给他擦干油布，换了床单。奥莉加·格列博芙娜开始哄他躺下睡觉。斯维奇尼科夫回到客厅，过了一会儿，西科尔斯基也回来了。

“在德国，”他说，“有针对这种儿童的疗养院。在那里，人们知道如何开发这种儿童的智力，但是价格昂贵。”

“这就是您动手翻译佩切涅格-盖多夫斯基的小说的原因吗？”

“是的，我行医挣得不多，主要都用来买吃的了。苏维埃纸币——这也是钱，可以将其换成外汇。当然，汇率高得吓人。”

很清楚，为什么他非要牢牢地占着董事会主席的职位。纽曼说得对：这是肥缺。西科尔斯基支配着俱乐部的钱款，也许，他与这种事情有关联，他有理由担心，一旦交出权力，不可避免要进行财务审查。

从孩子的房间出来，奥莉加·格列博芙娜走到丈夫跟前。

“忘了告诉你，昨天你不在家时，你的那个红头发女郎来过了。让我转告你，她捡到了你扔掉的东西。”

“好的，”西科尔斯基点了下头，“请不要打扰我们，我们有事正忙。”

“我想知道这是什么东西。”

“无聊，不是什么有意思的东西。”

“不，我就想知道！”奥莉加·格列博芙娜没有退让，“你把什么扔掉了，别人捡到的是什么？”

“伊达·拉扎列芙娜弄错了，我并不是扔的，而是弄丢了。确切地说，由于马虎扔掉的。”

奥莉加·格列博芙娜提高了嗓门。

“你的马虎让我付出代价！我就是个傻瓜，一直精打细算，就是让你和谢涅奇卡什么都不缺，而你却随手乱扔东西。你有钱就可以随便乱扔东西吗？我们家里的所有东西，我们都用得着。”

西科尔斯基好说带劝，总算把妻子送出房间，随即把房门插上了。她在门外踹了几下，使劲喊道：

“你把我扔了吧！把谢涅奇卡也扔了吧！这正是你一直想做的！”

斯维奇尼科夫拿起那把在伊达·拉扎列芙娜那里没收的手枪，在手掌里转动着，问道：

“就是这把枪吧？由于马虎，您把它从斯特凡军校的窗户扔了出去？”

第十四章 虚点

1

1921年9月，他和娜佳登记结婚。大概这时，极度衰老的那匹老马克洛布斯被卖给了巴什基尔人吃肉，一匹桀骜不驯的种马开始领驭编辑部的轻便四轮马车，这匹马的名字早就被遗忘了。

后来，省改称为州，瓦金从省报通讯员变成了州的文学助理员，又过了10年左右，汽车取代了编辑部那辆四轮马车，一个编辑建议他写一篇关于“世界语”俱乐部的文章，尽管俱乐部失去了大多数成员，可是依然艰难地生存着。这种情形下，做出一个清晰暗示，如果任务能够顺利完成，如果瓦金能在近15年期间理顺俱乐部的活动，部门主管的职位非他莫属。

从青年时代起，他就不太喜欢那些世界语者，特别是娜佳出生的那条塞纳街改叫世界语街之后。看来，可以不写吗？那可不行。他不敢拒绝，但可以拖延、磨蹭，等着另有人来写。这时他的前途也确定了：从文学助理调到社群部，再从那里调到船运公司《大卡马河》的报社，稍后一些调往厂报。有一次，娜佳提醒他，他们日子过得很窘迫，总是借钱才能支撑到发薪日。

他总是指望获得机会，可是到了老年，他才开始意识到，生活中某种以前难以理清的想法变得越来越清晰。模糊变得有形，虚无有了意义。偶然的行为好像是某种必然结果，完全可以解释，只是在此之前并未看到这种关联而已。世界上存在着某种严格次序，在这个次序中他——瓦金——的位置无人占据，而他本人也不能占据别人的位置，比如，他不能占据那个根据编辑旨意写了一篇关于“世界语”俱乐部的文章的那个人的位置。10年前，这个人别出心裁，出版了几乎一样的东西，但由于偏离党的路线，受到了谴责，而现在却成了部门负责人。不过，也用不着羡慕他。他遭到拘捕，当时那条街由塞纳街改成世界语街，这时则叫作伏罗希洛夫街，开始关押所有与世界语运动有联系的人，包括那些与该运动做过斗争，甚至在其强盛期间深受其害的人。现在，这些人骄傲地将牙套戴在脖子上，这是从被打败的龙嘴里拔下来的，应该忘掉这条龙，就好像它从未存在过。

这就是生活的永恒次序：受害者成为英雄，然后成为其他英雄的凶手，再后来又成为被视为英雄的其他凶手的受害者，直到受害者成为烈士。新的英雄从这些受难者的遗骸上诞生，接下来又成为凶手。那些从这个循环中脱身而出的人是幸福者。

去卡佳学校的路上，这些往事在脑海中闪现，他站在拥挤的电车里，此时，电车正朝着横贯叶戈希赫宽谷的堤坝缓缓爬行。大坝是大约10年前修建的，它将这座城市与加农炮厂所在的村镇连接了起来。

瓦金准时走出家门，但车站等车的人很多，电车又很少。直到第三辆车他才勉强挤上去，因此迟到了大约15分钟。学校博物馆的房门从里面用拖把拴上了。他轻轻敲了敲门。一个衣着漂亮的高年级女同学对他解释说，里面正在上一堂演讲课，玛雅·安东诺芙娜带着活动小组的学生们去了二楼。

不想去那里找他们，瓦金走到外面，坐在那条长凳上，昨天也是在这里，他沐浴着五月的阳光昏昏入睡。斯维奇尼科夫应该过一个半小时就会来，不会再晚了。

台阶的另一侧，在小花园的中心，战前修建的碗状陈旧喷泉呈现出灰白色，喷泉中央是一个女孩和两个男孩的石膏像。

他们围成一圈，兴高采烈地向后仰着头，眼睛看着以前曾在他们头上交叉喷涌的水流，水流来自喷泉栏杆上的铁质小箅子，现在早已干涸了。每个人都举起右手，手掌朝向天空。女孩的手被折断了，铁棒的末端从手腕部位露了出来。瓦金仍然记得，他们三人同心协力，一起高举头顶的地球仪，不过，现在地球仪已经不见了，孩子们怪诞地向上高举双手，样子好像是在捕捉苍蝇。

除了通讯员之外，瓦金还身兼其他更加荣耀的职责。葬礼结束后，他还要修改一篇农民群众急需的文章，题目是《如何应对肥料短缺》，这是一个农艺师撰写的，然后等着娜佳用打字机打字，最后再校对打字出现的错误。与平常一样，临近傍晚，稿件贴上校对条样送往省委员会，在那里，这篇稿子附在一首诗歌上，这是刊登在《来自过去的河畔》栏目里、自称是戈尔康达王子的一首诗歌：

结束自己的胃
王子施瓦布拉莫
在遥远之地，那里极度严寒
乌拉尔的城市冰天雪地，
午夜的黑暗，似乎可以

造成智力迟钝。

这些蹩脚诗句是在省档案委员会文件中发现的。在序言中，奥西波夫对其进行狂热夸赞，不过，在省委员会并未引起任何反响。确实，不是有关反革命问题，这首诗被要求删除自有道理，总之，如果所有胡言乱语都要印刷，纸张都不够用。

娜佳在编辑部等着，瓦金去送她。但没有直接走向塞纳街，为了多走一会儿，他们特意绕了一圈。在路上，她谈到了学校，谈到了去年冬天，她让在他们那里宣讲神道的神父格纳迪非常难堪。

“他本来就非常愚笨，竟然还跟我们谈论起布尔什维克主义。他说，这些都是老师和父母们的错，他们好像没有给孩子们适当的教育，没有让他们对上帝产生坚定的信仰，没有强迫他们斋戒，没有让他们去教堂，所以，孩子们成了不信教的人，堕落成了流氓，变成了布尔什维克。在我看来，这简直就是老生常谈。我举起手，他问：‘你想干什么？’我说，我有一个问题。我站起来说：‘就在布尔什维克发动政变前夕，我们去莫斯科热尼娅姑母家做客。我和我堂姐列娜在火车上睡在一个铺位上，那天晚上，我们的火车车厢被猛烈地撞击了一下，小桌上一个装满水的杯子掉到了我们身上，里面还浸泡着红莓果和柠檬……’他忍无可忍，说道：‘你在说什么，我的孩子？什么红莓果？'我说：'它泡在杯子里，杯子掉到我们身上，我们是去莫斯科的热尼娅姑妈家。我和堂姐列娜正躺着睡觉，夜里车厢却被猛烈地撞了……'女孩们扑哧一声笑了起来，他那么愚蠢，还不明白自己被嘲弄了。他问：'你讲这件事想说明什么？'我说：'如果一个水里浸泡着红莓果和柠檬的杯子，晚上却掉到我们身上，这可能是个预兆吧？'他问：'什么预兆？'我回答说：'预示着，有人说到布尔什维克的时候，都是酸溜溜的。'我坐下了，用无辜的眼神看着他。"

"他怎么样了？"瓦金问。

"没有吭声。说些什么好呢？"

"杯子真掉了吗？"

娜佳点了点头。

"是的，当时里面浸泡着红莓果和柠檬，"由于习惯，她不知不觉地继续说下去，"夜里，我们的火车被猛烈地撞了……"

叶卡捷琳娜街上弥漫着椴树盛开的药香味。他们经过洛巴切夫斯基花园，过去，这里称为监狱花园。

名称不是现在改的，而是监狱成为惩教所很久之前就改了。据说，一位伟大的数学家从喀山来到这里，自己绘制了这个花园的平面图，并在其中用某种密码表达了超越时代的想法，这些想法对人类来说极为重要。这些想法他不能，或者不想直接说出来。似乎带着这种考虑，他标出了树苗的栽种位置，让整个花园里的任何区域都不会被树木遮挡，至少没有遮挡住四个角落执勤警卫的视线。躲开一个警卫，马上就会暴露在另一个警卫面前，然后再是下一个。花园不算小，呈正方形，每条边大约有上百步距离，里面的空地甚至比郊外公园还大。没错，如果仔细观察，就会发现，花园里的树木花草修建得非常精致。过去，花园和监狱被同一道围墙围在一起，不过，即使在市议会接管之后，这个传说的真实性仍然没有得到证实。天才之手绘制的神秘铭文，在世界行将灭亡之时依然不可解读。一个天真无邪的孩子将会找到这把从天而降的钥匙，用以解读拯救人类的密函。

瓦金和娜佳一起参加了神秘系列活动，这些讲座内容都与这个花园有关。花园被视为该市的名胜古迹之一，这并未妨碍它成为约会的地点，虽然按照监狱的传统，这里的所有灌木都要铲除干净。到目前为止，还有人用心地在小路上撒上沙子，长椅掩映在树荫下的角落里，不过，坐在椅子上的男女心里很清楚，他们的独处一隅表现得虚情假意，没有一个亲吻，也没有亲热的举动，据说，不经意间把手放在女孩的膝盖上，就可以避开四个角落里的天使，避开他们火辣辣的眼神。

从监狱沿着耶稣升天街，也就是现在的“7月1日街”，来到尚未改名的昆古尔大街。这条街坡度很大，径直通向卡马河，行人稀少。

街道拐角处矗立着一座俄罗斯风格的两层小楼，这就是“蚁穴”寄宿学校。白匪占领时期，这里同样用作学校，同样采取合作办校的方式。它被叫作“蜂房”，但是在省人民教育委员会的眼中，蚂蚁比蜜蜂更低一等。

娜佳第一个发现，宫殿式柱廊的台阶旁边，停着那辆编辑部的四轮马车。只见西科尔斯基在一旁跺着脚，斯维奇尼科夫正把缰绳缠到拴马的柱子上。

“你还记得米拉舍芙斯卡娅吧？”看到瓦金，他问道，“在墓地的时候，我让你看过她。她需要卡扎罗莎的手包，晚上，她到你这儿来拿。”

2

学校博物馆里，活动小组正在上课，于是，他们来到二楼的一间空教室。大家坐下之后，玛雅·安东诺芙娜手里的照相机咔嚓直响，她以海报为背景给斯维奇尼科夫拍照：

“世界语——这是和平与友谊的语言，使用这种语言，您在世界上任何国家都可以轻松地与人交流。它比任何一种外语都简单易学，由经验丰富的老师授课。咨询电话……”

聚集在这里的都是一些年轻人。有些男孩的毛衣和翻领上缀有绿色星徽，女孩的头发上戴着绿色丝带。

“如果你们懂格鲁吉亚语，在任何国家人们也都能听懂你们的话。”斯维奇尼科夫说。

听众安静了下来，显得困惑不解。他有意停顿了一下，然后解释说：

“你说格鲁吉亚语，格鲁吉亚人就会轻松地理解你。有格鲁吉亚人的地方都是如此。说世界语也是如此——世界语者就会轻松地理解你。”

伊达·拉扎列芙娜抬起头，看着床头上方导师柴门霍夫的画像，召唤他作为证人。

“我发誓！他并没有朝任何人开枪，你可以相信我。枪响过后，他悄悄地从夹克下面拔出枪，然后扔出了窗外。”

“事实上，”西科尔斯基承认，“我也觉得，黑暗中我身边有人开枪。我很害怕，担心对所有人搜身，而且……我心里想，这样的话有人就要嫁祸于我。”

“您的手枪从哪儿来的？”斯维奇尼科夫问道。

“我是军医，我可以配枪。”

“参加演唱会还要带枪吗？”

“已经跟您说过了。不想把枪放在家里。”

“怎么，您总是随身带着枪？”

“也不是。”

“那前天为什么带着？”

“不想把它放在家里。”

这样的对话，他们之间半小时前已经进行过，现在又原样重复了一次。

斯维奇尼科夫看了伊达·拉扎列芙娜一眼。她躺在床上，一条腿耷拉着，膝盖以下裸露着，充满了诱惑力，一只白皙的手撑着太阳穴，手指湮没在棕红色的头发里，眼前的情形让人不禁浮想联翩，联想到她身体其他部位的肤色。

“你为什么不说这是谁的枪？”

“你是我的什么人？干吗什么都要告诉你？”她笑了笑，一副肆无忌惮的冷漠表情。

在这之前，还会偶然冒出一个古怪的念头，有机会要留在她家里过夜，可是现在，这个想法显然不现实。他狠狠地拍了一下自己的大腿——表示对对方的失望，让自己空欢喜一场。随即站起身来。

“好吧。我们走吧。”

西科尔斯基顺从地站起来，但伊达·拉扎列芙娜依然躺在床上。

“我想知道，你这是要请我们去哪儿啊？”她问道，晃动着悬在脚掌上的破旧拖鞋。

“去省肃反委员会。既然不打算对我讲，那就在那里说好了。”

“你想知道，为什么我没向你报告这是谁的枪吗？那就请吧。亲爱的，我不想让人选你当董事会主席。反正瓦连金也当不上，我们小组是少数派，而他，”她并没有直接朝西科尔斯基点头，免得还得扭转脖子，但大致朝着他所在的方向，“毕竟比你好些嘛。”

“这有什么关系？”

“关系很大。我和你睡过觉，对你比较了解。假如你很好地发挥这把枪的作用，它的主人就没有任何机会通过改选来获胜。”

“伊多奇卡（伊达的昵称——译者注），你出去一下。”西科尔斯基请求说。

“为什么？这是我的房间。”

“好吧，那我们出去。”

走出房间，他紧紧关上身后的房门，然后说道：

“我家里不仅只有一件糟心的事，而是两件。我老婆喜欢喝酒。秋天的时候，有一次她喝得酩酊大醉，抓起我的枪……一句话，差点没杀了他。”

“儿子吗？”斯维奇尼科夫猜测。

“她开枪打伤了他的肩膀，她以为一切都结束了，他死了，就朝自己的胸膛开了一枪。她奇迹般地活了下来……这一切都是为了我。如果我另找一个女人，生了孩子，我会很幸福，而她就会死掉，我会重新爱上她，因为她为我所做的一切……感谢上帝，他们两人都活着，可是我再也不会把枪放在家里了。尽管它没装子弹，但还是别自找麻烦。她毕竟没有戒酒，经常喝。”

“您要枪干什么？把它交出来，早就没事了嘛。”

“我不能交。没有枪，我的奥尔加·格列博芙娜会喝得更凶。看到我的枪，她多少还能理智些。”

他们回到了房间里。

“你有干净点的抹布吗？”西科尔斯基转向伊达·拉扎列芙娜，问道。

“什么样的抹布？”

“最好是白的。”

他挑剔地打量了一下递过来的布头，“刺啦”一声扯下来一块儿，将其缠在一支铅笔上。

“可以借用一下枪吗？”

他从斯维奇尼科夫的手里拿过手枪，将缠着布的铅笔伸进枪管，旋转了一下，然后抽出来，并展示了结果：

“看见了吧？没有污迹！没有炭渣，说明最近没人用它射击过。”

“我就是这么说的。”伊达·拉扎列芙娜笑了笑。

“顺便问一下，你没有擦过吧？”

她蔑视地耸了耸肩。

“真是奇怪的问题。”

的确，除了自己的身体以外，她从不清洗任何东西。

“那你们为什么要把它扔掉？”斯维奇尼科夫显得非常生气。

“我自己也不知道，”西科尔斯基两手一摊，“我把它扔了，后来我才意识到，应该别把它扔掉。现在我们都很害怕。”

斯维奇尼科夫把枪扔在了床上。这条线索是假的，纽曼被疑心搞糊涂了，觉得是有人朝斯维奇尼科夫开枪，却误杀了卡扎罗莎。

过去的3天时间里，他了解了很多关于她的事情，然而，与之前比较，感觉了解得越多，知道得就越少。应该认真想想，她为什么一下子变成了虚点。她灵魂中隐藏的秘密就是她死亡的答案。

15分钟之后，斯维奇尼科夫来到了瓦连金的家里。后者对他的到来显得非常冷淡。

“我妻子说，昨天您来找过我，还在我的书房里等我。《世界语—俄语词典》被人翻动过。您没从里面拿走什么东西吧？”

“拿了。如果您想重新编写，”斯维奇尼科夫警告说，“我也有关于您的东西要写。”

“什么东西？可以说得具体点吗？”

“比如，您不是一个马克思主义者，而是一个改头换面的希莱尔主义者。”

“这是达涅维奇在搬弄是非吧？”

“跟他有什么关系呢？事实就是事实：希莱尔主义——这是新的犹太宗教，世界主义就源于希莱尔主义。当然，您并没有隐瞒这些。”

石膏小手的其余部分还放在夹克的衣袋里。斯维奇尼科夫并没理会瓦连金的抗议，后者似乎要让他相信，从希莱尔主义到世界主义有一百俄里远，而且还要穿过森林。斯维奇尼科夫将石膏碎片一个一个地摆放到桌子上，然后，就像拼图那样把它们拼成原有形状。随着它从一堆碎片中渐渐地复原，瓦连金的脸上现出一种呆板的疑惑表情。

“这是什么？”所有程序结束之后，他开口问道。

“别装了。您心里非常清楚。”

斯维奇尼科夫伸出食指，用指尖轻轻触碰着剩下的石膏碎片。

“这是犹太民族，他为其他民族指明了通往全人类的道路。对吧？”

“啊啊。”瓦连金想起来了。

“手——这是你们的宗教象征。卡扎罗莎是个年轻漂亮的女人，有一副好嗓子，而且还懂世界语。你们强迫她成为你们神庙的女祭司，对吧？”

“什么？您说什么？”

“她跟您断绝了关系，于是您就决定报复她？”

“您这是疯了吧？”

斯维奇尼科夫并没有给他喘息的时间。

“是谁制作了这种石膏手？是您吧？”

“我？”

“不一定是您亲自动手。也可能，是您的同志吧？”

“我的上帝！为什么呀？”

“为了你们的宗教仪式。达涅维奇让我看了一篇文章，里面就说到，希莱尔主义者都应该有自己的神庙，自己的宗教仪式。”

瓦连金开始解释，实际上并没有做到这些，柴门霍夫很快就放弃了自己的想法，因为他意识到，这种想法具有某种缺陷和一定的局限性，表现在这种想法专门针对犹太民族，而对其他民族而言，这种面对后巴比伦主义问题所持的立场不可接受。

突然间，他沉默下来，痛苦地双手抱头，身体开始前后摆动，低声哭嚎道：

“一派胡言！一派胡言！上帝啊，真是野蛮的胡话！……

我所做的这些都是为了什么？我为什么要忍受这些？你们是白痴！你们都是白痴！……马上滚！”

“我们过会儿再谈。”斯维奇尼科夫答应说，果断地从桌上拿起石膏碎片，走了出去。

耳朵里回响着声音，一个接着一个：纽曼、瓦连金、西科尔斯基、奥西波夫。然后，出现了一个女人的声音：“我需要那个手包，想从那里拿一样东西。”

第十五章 玫瑰色的光

“我们既不收集邮票，也不收集火柴盒商标，更不搞风流韵事，”斯维奇尼科夫情绪激动地说，“我们需要世界语并不是为了这些东西。我们的生活与你们完全不同，是另外一种方式。”

“什么方式呢？”一个鼻子稍大的女孩问道，头发上系着绿色丝带。

“Кун бруста вундо…（世界语——译者注）胸部中了铅弹。”

“翻译过来的意思是胸部受伤。”玛雅·安东诺芙娜插话说。

“可伊达·拉扎列芙娜亲口讲过，”那个厚颜无耻的姑娘说，“您和她之间有过一段浪漫故事。”

“事情并不像她说的那样。”斯维奇尼科夫说。

“她还给我唱了一首您喜欢的歌哩。”

“什么歌？”

“关于一个红军战士，他的母亲和父亲被凶恶的捷克人杀害了，他的妹妹被俘虏了，但他把她救了出来。您记得吗？”

“不记得。”

“我记得最后两节。”

“您能唱一下吗？”

“我嗓音不好。我可以读一下。”

说完，姑娘整理了一下自己的发带，读了起来：

我努力了三个昼夜，
把妹妹从俘虏群救出来。
我和妹妹坐上小船
悄悄地顺河划行。

突然灌木丛出现动静，
响起了致命的枪击声。
妹妹从船上掉下去，

我成了无依靠的人。

斯维奇尼科夫从来没有听过这首歌，不过，简单的旋律很容易记住，歌词本身配合着旋律，**致命的枪击声**这句歌词，瞬间使他在心里意识到自己的孤苦伶仃。没有一个人，所有人都死了，只有他一个人留在船上，被汹涌的河水冲走。他的身后是凶恶的捷克人在追击，而前方除了黑暗什么都没有，黑暗中，已经传来近在眼前的大海波涛声，从那里，吹进嘴里的海风充满了鲜血的味道。

外面天色很亮，正值白夜期间，但已经是晚上8点多钟了。米拉舍芙斯卡娅还没有来找瓦金。

娜佳的腿上懒洋洋地趴着一只猫，她讲述，高尔察克统治时期，他们公寓里有一个来自捷克师团的捷克白匪，这个人说，捷克的猫对“喵呜”这种呼叫声没有反应，而会对“嘶嘶”这种声音做出反应。

“那用世界语怎么招呼它们过来呢？”她狡诈地问。

“那可没有办法。”斯维奇尼科夫说，随手接过瓦金奶奶递来的一杯鱼味茶。

顺便也可以想到，这个问题并不可笑，不像瓦连金或者伊达·拉扎列芙娜以犹太式的假斯文感觉的那样。无论柴门霍夫本人，还是他的战友们，没有人关心那些猫、鸡、鹅和山羊是否具有针对自己的单独呼唤声。农业方面词汇的匮乏是世界语的致命弱点。将来，这一点可能会使它很难在农民群众中进行推广。

“我们这里的女邻居，”瓦金一边说，一边迎着光亮观察盛满脏兮兮黄色液体的杯子，“她走门串户收集煮过的茶叶，然后晒干，与正常的茶混合在一起，包装并出售。最好的比例是2：1。而她，”他说的是奶奶，“心地善良，我们的茶叶是她从女邻居那里购买的。”

“只有一次，”奶奶笑了，“我是觉得她怪可怜的。”

“格尼卡来收集茶叶渣的时候，你马上把钱给他，别给茶叶，”瓦金建议，“这样更好些。”

当他谈论这个话题时，米拉舍芙斯卡娅来了。

“谢谢，我马上就走。”当请她坐下来喝杯茶时，她婉言谢绝了，“我太累了，只想一件事——早点躺下睡觉。”

为她准备好的那个手包孤零零地放在窗台上。米拉舍芙斯卡娅“啪嗒”一声打开链锁，飞快地查看了一遍里面的东西，随即，她的脸色沉了下来。

“没从里面拿走什么东西吗？”

“没有，没有。”瓦金马上回答说。

“有一样东西不见了。”

“什么东西？”斯维奇尼科夫紧张起来。

“一只石膏小手……它先前在里面。我不明白为什么不见了。”

“这只手做什么用的？”

“我告诉过您，济诺奇卡有一个儿子，叫萨申卡。他死了。这是他一只手的石膏模型。济诺奇卡总是随身带着它。”

这时，斯维奇尼科夫一切都明白了：就在前一天，就在这个房间里，就在这张桌子上，在他面前出现的那些幻象。佩切涅格-盖多夫斯基是源头，墓地上小教堂里是故事情节。数字和字母下面的所有点，在斯特凡军校的剧场里，昨天他用红色或蓝色铅笔记在一张背面写有“世界主义”戏票上的东西，当然都来自同一出剧。真是彻头彻尾的胡话！一个死去的男孩微微动了一下小手，整个结构就如同巴别塔一样轰然倒塌。

他开始组装这只手，这时他才意识到，这只石膏手是一只左手。在佩切涅格-盖多夫斯基那里，密谋者们砍下世界语者的都是右手，所有一切都是以此为基础建立起来的。如果把右手的手套翻转过来，它就可以戴在左手上，反之亦然。墓地教堂变成了带透明穹顶的八面体，“命运之手”组织变成了兄弟姐妹式的弟兄会。

“我本来应该把这只手放进济诺奇卡的棺木里，但我在守夜时才想起它。”米拉舍芙斯卡娅叹了口气，“我就是想知道，它可能在什么地方。应该去济诺奇卡的化妆间找一找，也可能，落在那里了。”

“您要这只手干什么？”斯维奇尼科夫问。

“如果遇到阿尔菲里耶夫，也好交给他。”

“您不可能遇到了……他昨天被捕时开枪自杀了。”

“我的上帝！……”

米拉舍芙斯卡娅坐到了桌旁，机械地拿起茶杯，但并没有喝，只是用它温暖着两只手，就像刚从寒冷之中走来，而不是来自7月的炎热酷暑。

“他是一个勇敢的人，”望着手中的茶杯，她说，“济诺奇卡给我讲过，他母亲是剖腹产生下他的。据说，这种人不害怕死神。我只是不知道，这是好事还是坏事。”

斯维奇尼科夫倾听着，就像昨天一样，他再次感觉，似乎有人在看着他。他觉得自己身上有什么人的目光，但不属于房间里的任何人，也就在这时，他明白了，实际上这更可能是一种回忆。不知什么原因，这种回忆恰好第二次出现在这里，出现在这张桌子旁边。

斯维奇尼科夫和瓦金一起出来送米拉舍芙斯卡娅。街上空无一人，对面房子篱笆门的前面站着一只犄角折断的白色山羊，它的屁股上有墨水做的记号，肚子下面凌乱的毛里粘着很多带刺的小草棍。它仰着头，看样子是要弄清楚，是什么原因妨碍主人拉开篱笆门的门闩。从它的咩咩叫声里，听出它很委屈——仿佛在说："我回来了，吃饱了，在这个荒谬的时代，吃得都胀肚了，我的乳房里胀满了奶，可是不让我进去。"

与此同时，主人们却待在家里。可以发现脏乎乎的窗玻璃后面，其中一扇窗户的窗帘在晃动，绷紧的布条在抖动。片刻之间，暗绿色印花布后面，微微露出一条昏暗的光带，斯维奇尼科夫明白了，从那里，从这扇窗户后面，昨天有人看着他，现在也正在看着他。

"谁住在那里？"米拉舍芙斯卡娅走了之后，他问瓦金。

"她就住在那里。"

"她是谁？山羊吗？"

"我对您说过的那个人——卖茶叶渣的。"

猜测已经让人脊背发凉，不寒而栗，一旦说出这个投机者的名字，一切就将真相大白了。他回想起来了，到底是什么人，在什么地方，带着这种仇恨看着他，这个目光自然而然地刻在他的记忆深处，从源头浮现出来。

他一只手不由自主地猛然抓住前胸。

就像昨天和前天一样，他的夹克穿在军便服外面。从那场战争之后，他的军便服胸前的口袋里总是放着一个小皮夹，里面有一张8开的练习纸。上面是妈妈的手迹，她用歪歪扭扭的字迹写道：

“耶稣基督出生了，遭受了苦难，升入了天堂。这些都是真的，所以，拥有这封神圣书信的我，肉体不会被开枪打死，也不会被毒死，任何武器，无论看得见的，还是看不见的，都无法伤到我，任何子弹都伤不到我，不论是铅的、锡的、金的还是银的。天神是让我免受一切伤害的守护神。阿门。”

在维尔诺附近，德国人施放瓦斯毒气，他的肉体没有被毒死，四年来，没有一颗子弹击中他，无论是德国人的、奥地利人的、杜托夫的还是高尔察克的。唯一的一次受伤是去年夏天在苏尔瓦，但这是一个例外，更加证明了这条规则。前天，这封神圣的信就为他挡住了一颗子弹，而昨天，又将第二颗子弹引到了石膏手上。

这两颗子弹都来自这个人，他现在就躲藏在窗户后面的黑暗之中，不敢走到篱笆门前放山羊进来。他担心，斯维奇尼科夫一旦看见他，就一切都明白了。

他就是昨天在前往斯特凡军校路上跟踪他的那个人，后来在黑暗中开的枪。他就是在熄灯以后，卡扎罗莎站在玫瑰色的光束里，他紧跟着达涅维奇沿着防火逃生梯爬上远离舞台窗户的那个人。这扇窗户敞开着，但拉着窗帘，他透过窗帘缝往剧场里观察，因此没人注意到他。在那里，他并没有打算朝自己的敌人开枪，但那个训练班学员“啪”的一声弄响了左轮手枪，于是，他伸手从裤兜里拿出了枪。

“两年社区强制劳动，同时驱逐出城市，”伊达·拉扎列芙娜说道，“你的陈述作为原告被记录在案。”“如果我不讲话呢？”“那就是一年强制劳动，而且不会被驱逐。”

“她有两个孩子吧？”斯维奇尼科夫问。

“是的。”

“大孩子叫什么？”

“格尼卡。格尼卡·霍德列夫……您这是去哪里呀？”

斯维奇尼科夫冲过街道，一个箭步跳到台阶上。房门打不开。他更用力地拽了下房门，甚至不知道，门是向里开还是朝外开——两眼已经喷着怒火。他从台阶上用力将身子探进房前的篱笆小花园，一拳就砸碎了玻璃。碎玻璃“哗啦”一声纷纷掉落，把窗台上的花弄得簌簌作响。

没有人回应，但屋里有个婴儿尖叫起来。可见，他的母亲没有在家。

斯维奇尼科夫冲向篱笆门。山羊敏捷地跟在他身后，带着胜利者的咩咩叫声跑进了院子。

左边有个臭气熏天的厕所，绳子上的什么东西已经晒干了，被街上灰尘染成土灰色的马铃薯叶子被吹到房子跟前。侧面搭建了一个木板凉棚，但没有必要往那里硬闯。耳朵里传来门钩滑进环扣里发出的撞击声。

紧靠栅栏，有两根柱子顶着摇摇欲坠的原木墙，下面沿墙堆叠起的一排原木已经朽成了凸起的碎屑。沾满乌鸦粪便的破布塞在木墙的缝隙里。底部烧穿的铸铁炉子悬挂在钉子上。

这里还有一个小窗户，位置稍低一些。斯维奇尼科夫将地上一个盛满泔水的桶一脚踹开，猛挥一拳，再次把窗玻璃砸碎了。他伸手从里面摸到窗闩，将两扇窗框朝自己这边用力一拉。窗户很容易就开了，他抓住上面的窗户，往上一使劲便跳进了屋里。

杀害卡扎罗莎的凶手就站在他面前。斯维奇尼科夫认出了他，但还是对眼前的情景惊愕不已：他非常瘦弱，卑微猥琐，长着一个非常小的脑袋，兹梁人的尖尖鼻子，但是，明亮眼睛的空洞冷漠表明，他手中的武器可能进行了三次射击。

格尼卡被逼到了墙角，死死贴在墙上。他头上方神龛里的圣像伴着金属的撞击声掉落下来。斯维奇尼科夫用一只手拧住他的手，另一只手抓住枪管，使劲夺了下来。天晓得，这是什么型号的勃朗宁手枪，城市里这种废物多得是。他比量了一下枪管口径——大约6毫米。

“哼，你这个畜生！”

斯维奇尼科夫把他拖到街上，扔到轻便四轮马车跟前。格尼卡的鼻子撞到车板上，血顺着嘴唇流了下来。娜佳从后面飞奔过来。

“不准打他！”

“杀了他都不解恨！”

斯维奇尼科夫转向这个混蛋，他已经满脸是鼻血。

“你从什么人那里知道我要去参加斯特凡军校的演唱会？”

“我自己听到的，您邀请了所有人。”

“所有人都是谁？”

“训练班学员们。我去看毕业列队表演了。”

“你……你知道自己杀了人吗？”

格尼卡摇了摇头。几滴血溅到地上，霎时沾上一层尘土，停止不动，随即变成了一个柔软的小泥球。

斯维奇尼科夫伸出颤抖的双手，开始松解缠绕在栅栏板条上的缰绳。克洛布斯打了个响鼻，向上甩了下头，身体从篱笆处向后退。缰绳系得太紧了，怎么也解不开。他想把马拉到自己身边，于是缰绳抓得更紧了，停留在指尖的模糊记忆鲜活起来，变成了话语。缰绳显得离奇的粗糙，摸起来有颗粒状。

斯维奇尼科夫将目光转向瓦金。

“你从哪里弄的这些缰绳？”

“买的。您亲自吩咐，让我买一套新马具。”

“你从什么人手里买的？从他那里？”

“是的，邻居嘛。”

“胡说！你这只剃光毛的山羊！”格尼卡破口大骂，抽着被打破的鼻子，啐了一口。

开始听到被扔在摇篮里的婴儿在拼命地哭喊。山羊来了，随身带来了奶水，可没有人来喂他。

“这样吧，”斯维奇尼科夫说，“我给你一个小时的时间，赶紧离开这个城市，随便去哪里。一小时后我就要抓你，或者亲手开枪打死你，或者把你交给需要的人。”

斯维奇尼科夫解下了传送皮带做的缰绳，上了四轮马车。经过呆若木鸡的格尼卡身旁，扔给他一句话：

“往南边去吧。去那里可以报名参加红军。”

迎面飞来杨絮。飞进喉咙，呛得人无法呼吸。驶过半个街区，在横跨街道的空隙处，卡马河展现在眼前，在阳光照耀下，显得恬静而悠闲。河水上方，目力所及之处，天空中闪烁着粉红色的光亮。河右岸，燃烧过的码头显出斑斑点点的黑色，再往高处一些，沙质悬崖上的松林后面，应该是连片的房顶，它们之中就有那一幢，令人无法忘却，此刻染上了一层落日的余晖。再往远处，森林呈现一片碧绿色，渐渐延伸到地平线上。

深夜时分，位于小亚姆斯克街的狭小陋室里，他懒散地躺着，喝得醉醺醺。灯里的煤油已经燃尽了，昏暗中，导师柴门霍夫从贴在镜子上的邮票里走了下来，讲述说，1917年的春天，告别所有人，被德国人占领的华沙濒临死亡。他给治愈眼疾的那个女孩，早就离他而去，欧洲已经血流成河，不论在西方，还是在东方，他的门徒都在互相残杀。街上，士兵们在窗下用木槌把虱子从军便服中拍打出来。他的心厌倦了这种拍打的节奏。他准备独自死去，喃喃低语着：

Malamikete de las nacjes,（世界语，意为民族仇恨——译者注）

cado, cado!（世界语，意为消失吧，消失吧——译者注）

"Jam temp'esta."（世界语，意为已是时候了——译者注）伊达·拉扎列芙娜回答他，她正在楼梯下面的狭小房间里脱衣服，以便光着身体坐到斯维奇尼科夫的身上。

他出卖了她，尽管她是他的姐妹，他的志同道合的朋友，因为左翼世界主义接近兰蒂主义，他承认兰蒂主义，而用"matro"（世界语，意为父亲——译者注）取代"patrino"（世界语，意为母亲——译者注）——不。达涅维奇和波波夫处于后缀和复数词尾的敌方阵营。伊甸园消失在新巴别塔的废墟中，这是希望与理智之塔，可是，也如同第一座塔一样轰然倒塌。熊熊火焰在卡马河上翻滚向前，身背步枪的哥萨克人从低矮的右岸逃出这腥臭的烟雾，一座玫瑰色的小房子湮没在这浓烟中。奇卡死了，装着天堂鸟的鸟笼空了，象征着犹太民族的一只石膏手指指向布尔特姆车站。那里有一个带着内燃机曲柄的飞轮，因此，马具匠霍德列夫最终身处监狱，卡扎罗莎进了坟墓，而他，斯维奇尼科夫却身处此处，在黑暗中，喝得酩酊大醉，满脸泪痕。

后来，他开始呕吐，女主人拿来一个垃圾桶，她一直看着他，好像第一次看见他这个人。

第十六章 奔跑的火焰

1

两个人坐在宾馆的房间里。斯维奇尼科夫没穿风衣，身着昂贵的双排扣西装，看上去俨然是一个年轻小伙儿，瓦金却觉得自惭形秽，失去弹性的绒线衫，领口皱皱巴巴的破旧衬衫，脚上一双看不出模样的皮鞋，竭力想掩饰在椅子下面。娜佳、儿子和孙女的照片已经展示过了，并且已经放回衣兜里。这些照片并未引起多大兴趣。

让斯维奇尼科夫更感兴趣的是送给自己的那个当地纪念品——这是一个精巧女人，被做成旧式火炮形状，两个圆鼓鼓的乳房是炮弹传送器。瓦金也有一个类似的纪念品，是送给他的退休礼物。右侧炮弹传送器里的弹丸可以取出。如果将其放进炮筒里，里面的弹簧就会起作用，隐蔽的小匣子就会“啪”的一声从炮架底下弹出来。瓦金在里面保存着一些古老药方和化验结果，儿媳一直要求把这些东西扔掉。她的人性弱点清单上，多疑在马虎大意之后居第二位。

把玩够了，斯维奇尼科夫小心翼翼地将礼物放进盒子，掏出钱夹，从里面抽出一张褪色的照片：照片上是一个被动物围着的娇小女人，手里拿着一只装着天堂鸟的笼子。瓦金一下子认出了她。

“她是一个弹唱诗人。”斯维奇尼科夫说，用询问的目光看着瓦金，心里不禁打鼓，这种新说法是否已经传到外省。

确信这种说法已经广为人知，他又开始翻钱夹。紧随这张照片，一张发黄的破旧剪报展现在桌子上。

“这是一篇彼得格勒报纸的悼念文章，”斯维奇尼科夫解释说，“也是米拉舍芙斯卡娅寄来的。”

撕破之处用透明胶带仔细粘上了，剪报的边角已经破损，文章四边划的黑线有些水洇，显得模糊不清，好像根本不是印刷，而是用墨汁画的。上面签着名字和父称的两个首字母：А. Э.。

“远离彼得格勒，”瓦金读道，“在省城俱乐部的一个简陋舞台上，演员兼歌手济娜伊达·卡扎罗莎-申舍娃猝然死去，既荒唐至极又骇人听闻。”

她消失得悄无声息，就像在她生命的最后几年一样，这不禁让人发问：什么东西应该写进她的人生履历表里呢？几个次要角色，几首歌曲，三四张唱片——这些都是时髦之物。如果我们能够记着这些角色、这些歌曲，记着她那令人目眩的耀眼和褪色的荣耀，也就意味着，还应该有其他某些东西。卡扎罗莎天赋异禀，具有超常的艺术听觉。她什么都可以忍受，但绝对无法容忍音调不准。在索多玛和戈莫拉戏剧首映的忠实歌迷中，在展览开幕日无所事事的人群里，在新书出版的浏览者间，她是极少数循规蹈矩者之一，她这样做并非出于日常生活之规，而是源于内心所需，正是为了像她这种人，艺术之神暂时才没用其正义之火摧毁这些可恶至极之处。

假设身处更为安静的和平时期，这种女人即使离开舞台，也一定会成为艺术沙龙的魅力女神，成为众人环绕的中心，然而，发生了战争，发生了革命——这是惊天动地的大事件，它带来野蛮的新鲜和粗鲁的威严，无论对色调还是情调都视而不见，目光过于远大，没有注意到栖息在衣袖上的一只蝴蝶，公务过于繁忙，没有顺便践踏她，否则就会死无葬身之地。

许多年前，画家雅科夫列夫给她画了一幅肖像。卡扎罗莎独自一人站在荒野之中，众多野兽从四面八方威胁恐吓她。这些野兽就是我们这些人……

很早就抵达了车站，将手提箱放进包厢之后，走出车厢来到站台上。已经按照夏季时刻亮起了灯光，傍晚时分的灯光下，斯维奇尼科夫的脸显得疲倦苍老，甚至还有些木然呆滞，仿佛生命就要从他身上消逝了。

离开车大约还有15分钟，他们两人笨拙地拥抱吻别，瓦金朝出租车停车场走去。那里需要排队，汽车很少。回到家里已经是午夜时分了，没等他把钥匙插进钥匙孔，门就开了，所有房间的灯都亮着，显得非常刺眼。没有人睡觉，甚至卡佳也没有睡。

“你这是到哪儿闲逛去了？”儿子问道，竭力装出严厉的样子，结果总是显得很不自然。

“去车站送一个朋友。”

“送哪个朋友？我们给你所有的朋友都打过电话。”

“你不认识他。”瓦金回答，很高兴这样回答而不用说谎。

再也不用让他们以为，他整个一生都在他们的注视之下，生活中已经没有任何秘密了。

“应该打个电话嘛！我们又不是陌生人！”儿媳说，话音未落，突然号啕大哭起来，埋头伏在了他的胸前。

他觉得眼睛开始灼痛。最近一段时间，他经常想哭，但是欲哭无泪，只是眼睛开始灼痛，好像长时间看书的结果，其实是戴的眼镜不对。瓦金有两副眼镜，一副用来看书，另一副用来看电视，但他经常将它们弄混。

2

斯维奇尼科夫在包厢里坐了一会儿，然后来到了车厢里的过道。一个6岁左右的男孩一动不动地站在那里，惊恐地盯着他的一只耳朵。

“耳朵很正常嘛，”斯维奇尼科夫拽了一下自己的耳垂，说道，“早就已经不疼了。”

终于，火车开动了。

车厢里很明亮，当驶离灯火通明的站台时，斯维奇尼科夫一下子感觉到窗外漆黑一片。驶过一连串的车站售货亭，火车开始提速。黑暗中不断有灯光射出，不停地微微晃动，逐渐靠近，突然闪烁一下，随即消失不见了，就像被遗忘的张张面孔，瞬间从记忆中浮现了出来。

火车开始转弯，转向了卡马河。这是一个急转弯，远处某个仓库发出的蓝色灯光，大概闪烁了一分钟，然后从视线里消失。火车围绕这个灯光走了个弧形，因此，它一直悬在车窗外，只是略微改变一下颜色，相对飞速行驶的火车，在压缩的空气中闪烁着不同的光芒，直至被隆隆作响的黑暗吞噬。每到转弯的时候，消失的风便再次从敞开的车窗猛然吹了进来。灯光笼罩在四面八方的黑暗之中。火车飞速驰进深渊，那里无形的暗影在无泪地哭诉世界语的创始人——柴门霍夫博士那伟大而美好的希望。斯维奇尼科夫听到了这些声音。他的位置就在他们中间。他们所有人都去了那里，就像云影掠过大地——并未改变地貌。轮到他了。

仓库那缕蓝色灯光消失不见了，眼前展现的是一座新桥上的成串灯光。一切都在车窗外时隐时现，最后都沉没在远方，房屋的屋顶爬升到铁路路堤的高度，5月的淡白夜空与所有这些一同沉降消失，并且充斥着车窗的空间。车轮的滚动声音很小，显得更加沉闷。卡马河笼罩在空旷的黑暗之中，让人有一种撕心之痛。远处，位于河畔的加农炮制造厂车间灯火闪烁，现在这是一家4次获得勋章的有代号的军工厂。除了大炮，那里还生产导弹，而与和平相关的产品是“斯基夫”牌汽车拖车，还有为“荣耀”捕鲸船队生产的鱼镖炮。

半小时之后，拒绝调换到下铺的斯维奇尼科夫躺在了上铺上。床单湿漉漉的，火车上下颠簸，放在杯子里的小勺叮当作响，发出清脆的声音。下铺一个上了年纪的旅伴，正在对一位年轻女士讲述以前的黄油价格是多么昂贵。

他闭着眼睛躺着，但并不想入睡。

“可怜而迷人的娇小女人，”悼念文章里最后几行字句在心中回响，这些他早已铭记于心，“她携带跃动之火从我们中间走过，如同古老剧院里枝形吊灯之间的燃线，从烛台到烛台。火焰沿着这条燃线跳动飞跃，将所有的灯盏点燃，直至最后一根灯烛，她与不再需要的燃线灰烬一起，跌落下坠，摇曳盘旋，缓缓熄灭。”